メディアワークス文庫

続々・ヒーローズ(株)!!!

北川恵海

目　次

登場人物紹介

☆ヒーローズ（株）の社員たち☆

田中修司　影は薄いがれっきとした主人公。好きなものは不明。

ミヤビ　修司の先輩。チャラい。元カリスマ美容師。好きなものは納豆。

佐和野祥子　本社受付。社長の娘にしてミヤビの妻。好きなものは本。

道野辺さん　社のエース。修司いわく老紳士。好きなものは美味しい珈琲。

社長　ヒーローズ（株）を設立した社長。謎が多い。好きなものはドラえもん。

佐々木拓　コンビニ店長と掛け持ちしているアンダーグラウンドな社員。修司をヒーローズに紹介した張本人。ヒーローズを退社し、アメリカへ渡ったはずだが……。好きなものは炭酸飲料。

★過去の依頼者たち★

東條隼　『ＴＯＲＮ＆ＴＯＮＥ』が大ヒットし返り咲いた人気漫画家。修司が初めて依頼を手伝った相手。好きなものはミルクせんべい。

多咲真生　清純派女優。裏では毒舌。過去にストーカー被害にあった。好きなものは牛乳たっぷりのカフェオレ。

STAGE 6
吉田くんと吉田さん

爽やかな朝だった。九月の頭にしてはめずらしくカラリとした風が吹き、たしかに天気も爽やかだったのだが、それ以上に心が爽やかだった。さほど大きくない川沿いの道を歩くと、川の空気をさらった風がふわりと頰を撫《な》でた。どこからともなく布団を叩《たた》く音がする。最近では叩くより掃除機で吸ったほうが良《い》いと言うが、そんなことどこ吹く風とばかりに小気味のいい音が空気に弾《はじ》けている。どこか懐かしいようなこの町並み。社長いわく『生きている町』。初めはピンとこなかったその言葉も、今では町の呼吸を肌で感じるようになった。俺は、見慣れた雑居ビルの前まで来ると足を止めた。

薄暗いビルの入口をくぐり、七階分ある階段をリズムよく上った。初め汗だくになって上ったこの階段も、今では途中で呼吸を整える余裕もある。ここに通うようになってから早くも四年目になる。気持ちはいっぱし、一人前のつもりだった。

まったく、慣れとは恐ろしいものだ。

俺はのちに、それを思い知ることになる。

「ねえ、ミヤビ。正直に答えてほしいんだけど」

俺は、いつも通り事務所の椅子に座って首のストレッチをしているミヤビに声をかけた。

「え、なんスか急に。オレ、修司《しゅうじ》さんに嘘《うそ》ついたことないッスよ、たぶん」

俺はそれについては突っ込むこともせず続けた。

「俺って、本当に拓《たく》の代わりになれると思う？」

「なんスか。修司さん、拓になりたいんスか？」

ミヤビはチラリと俺を見て言った。

「拓になりたいじゃなくて、拓の代わりになれるのかどうか訊《き》いてるんだ」

「……どう違うんスか？」

「いや、全然違うでしょ。拓になりたいっていうのは、拓みたいな人に、ひいては拓自身のパーソナルなイメージに近づきたいって意味であって、拓の代わりになりたいっていうのは、拓と同じような業務を負担できる人材になりたいってことで……」

「あーちょっと何言ってるかわかんねーッス」

ミヤビは薄ら笑いを浮かべた。

「なんでわからないんだよ！　おまえら寄ってたかって」

俺は拓が同じように言っていたことを思い出した。

「寄ってたかって？」

「いいんだよ。だから、とにかく」

プルルルと鳴った電話を、これ幸いとミヤビが取った。

「ハイ、ミヤビッス。——ハイ。——ハイ、りょーかいッス」

受話器を置いたミヤビがクルッと振り返った。

「修司さん、お呼び出しです」

「誰から？　どこに？」

「ここに電話がくるお呼び出しって、一人しかいないっしょ」

社長か——。社長から呼び出しなんて、ろくなことがないイメージだ。

「わかった。行ってくるから、事務所よろしく」

「よろしくッスー」

そう応えたミヤビがぴったりと俺の後ろをついてきた。

「え？」

「オレも呼ばれたんスよ」

「人いなくなっちゃうじゃん」

「え？」というミヤビの問いに、俺も「え？」と返した。

「ここにおりますよ」

後ろからにゅっと出てきた手に肩を掴《つか》まれた。

「わあっ！」

飛び上がって振り返ると、そこには見慣れた老紳士がいた。

「道野辺《みちのべ》さん……いつからそこに」

「おはようございます、修司くん」

わが社の〝エース〟道野辺さんは、いつもと同じ落ち着いた微笑《ほほえ》みを浮かべた。

「お、おはようございます……」

「一刻程前からおります」

「そうでしたか。すみません、気がつかず」

「いえいえ」

ミヤビが意味ありげにふふっと笑った。

事務所を後にした俺たちが歩いていると、ミヤビがニヤリと口を開いた。

「道野辺さんのあれ、わざとッスよ」

「え、何が？」

「彼、ああ見えて意外とお茶目なんで。修司さんを驚かすのが楽しいんスよ」

「そうなの？　俺よっぽど自分がボーっとしてるのかなって、気をつけなきゃなって思ってたよ」

「あの道野辺さん流のコミュニケーションも彼の楽しみの一つなんで、これからもぜひボーっとしてやってください」

「うん、そうだな。……いや、ボーっとしてねえわ！」

「ノリツッコミうまくなってきましたねー」

「うるさいよ」

俺はミヤビを横目で睨《にら》んで苦笑した。

本社まで約一駅分の距離を歩くと、三十二階建てのピカピカのビルが見えた。

社長はこの最上階にある社長室で待っている。エレベーターで三十二階まで上り、威風堂々とした重厚な扉を開くと、社長はいつものように大きな革張りの椅子にどっかと腰かけていた。

「おはよう、修司くん、ミヤビ」

たっぷりとした顎をさすりながら社長が言った。

「おはようございます、社長」

「はよーッス」

ちゃんと挨拶しろよ。俺は心の中でミヤビに突っ込んだ。

社長はしばらく顎をさすったまま、俺たちを交互に眺めていた。せっかちな彼がこうしてもったいつけるのは、大抵俺たちを驚かせようとしているときだ。今日は一体何を言われるのだろう。そんなことを考えていると、社長がおもむろに口を開いた。

「実はね、今日から新しい社員の研修が始まることになってね。二人にはその教育係をお願いしようと思ってるんだ」

「教育係……！」

その響きに俺は新鮮味を感じた。なんせ、新しく社員を採るのは、俺が入社以来初めてのことだった。

「ようやく修司さんも先輩になるんスね」

ミヤビが俺を見てニヤニヤ笑った。

俺は嬉《うれ》しい気持ちを隠し、社長に「どんな方が入られるんですか？」と尋ねた。

「二十二歳の男性と、二十二歳の女性、両方四大卒。あとは自分の目で確認してね」

二人も入るのか。少し驚いた。

「ガッツリ平成生まれッスねー、修司さん」

「いや、だから俺もギリギリ平成だからね」

ニヤニヤしているミヤビを尻目にしながら、俺の心はワクワクしていた。

社長がよっこいしょ、と立ち上がった。貫禄《かんろく》のあるお腹《なか》がたぷりと揺れた。

「その二人を、きみたちに審査してもらおうと思って。期限は二週間」

社長は俺とミヤビの顔を交互にじっと見た。

「正式採用は、どちらか一人」

思わず「えっ！」と声が漏れてしまった。

「では、選ばれなかった一人は……？」

不安気に尋ねた俺に、社長は眉間に皺《しわ》を寄せ、顎をさすった。

「不採用となるね」

思わず言葉を失った。

「そんな……」

そんな、責任重大なことを俺が決定しなくてはいけないのか。

「もちろん、そのことは二人にも伝え済み、了承いただいてるからね」

社長はニッコリ笑った。

不安で一杯な気持ちでミヤビを見ると、珍しく神妙な顔をしたミヤビが「了解ッス」と頷《うなず》いた。

「それでね」

それから俺は事務所に戻った。ミヤビは「ちょっとやることあるんで」と本社に残った。頭の中でグルグルと考えが巡っていた。

どちらか一人を選ばなきゃいけない。俺の判断が二人の人生を大きく左右してしまう。考えると気が重く沈んだ。一体二人はどんな人たちなんだろう。

俺はいつの間にか七階分の階段を上り切っていた。いつもと何ら変わらず威風堂々とそこにある重厚な木製の扉をギーーッと開くと、初々しい声が耳に飛び込んできた。

「「お疲れさまです！」」

驚いて見ると、リクルートスーツに身を包んだ男女が二人、扉に向かい頭を九十度近く下げていた。

「お、お疲れさまです……！」

目を丸くしていると、彼らの後ろから道野辺さんが俺に目配せをした。

もしかして、この人たちが……。

考える間もなく、二人は俺の元へ我先にと走り寄った。

「はじめまして！　吉田楓《よしだかえで》と申します！　何卒《なにとぞ》よろしくお願いいたします！」

「はじめまして！　吉田葵《あおい》と申します！　何卒よろしくお願いいたします！」

二人が交互に勢いよく頭を下げた。

「は、はじめまして！　田中《たなか》修司と申します！」

二人の勢いにつられて勢いよく頭を下げた俺の肩を、道野辺さんがポンと叩いた。

「では、修司くんは事務所でこのお二人をよろしくお願いしますね。私は少々出て参ります。本日はこちらには戻りませんので、あしからず」

俺は思わず目を見開いた。頼みの綱が！

俺はすがる目で道野辺さんを見たが、彼はニコリと微笑みを残し、無慈悲にも去っていった。道野辺さんの背中を見送って振り返ると、二人が期待のこもったキラキラした瞳で俺のことを真っすぐに見つめていた。

展開が早すぎる。確かに社長は「今日から」と言っていたが、それならちゃんと言ってくれよ。「事務所に帰ったらいるよ」とか。いやまあ、ある意味ドッキリ好きな社長らしいのか。一瞬の間にそんなことを考え、俺は腹をくくった。とにかく今もう目の前に弊社期待の新人になり得る人材がいるのだ。やるしかない。

「ええと……、お二人はまだ名刺なんて持ってないですよね？」

恐る恐る尋ねた俺に「「はい、持っていません！」」と、二人は声を揃《そろ》えた。

「では、とりあえず自己紹介がてら、名刺の渡し方をお伝えしておきますね」

「「はい、よろしくお願いします！」」

再び二人の声が揃った。

俺は名刺を持って歩み寄り、ニッコリ微笑むと一旦その手を下ろした。二人は不思議そうに俺を見た。やっぱり無理だ。色々気になりすぎる。

「すみません、その前に。二人は……ご兄妹《きょうだい》？」

「はい！　兄の吉田楓です！」

「妹の吉田葵です！」

二人は満面の笑みでハキハキと答えた。

「社長から、お二人とも二十二歳と伺ったのですが……」

俺の言葉に、二人は顔を見合わせた。

「「はい！　【僕たち・わたしたち】双子です！」」

二人は双子らしく息を揃えて言った。

「ですよね……」

なぜ、その情報を伝えてくれなかったのか。真っ先に伝えるべきじゃないのか。

俺は心の中で「社長……」と呟《つぶや》いた。ドッキリにも程がある。ガックリうなだれた俺を、双子が不思議そうに見つめた。

俺はとりあえず顔を上げ、無理矢理に口角を上げてみせた。目の前の二人も同じように口角を上げげた。

「わたくし、田中、修司と申します……」

俺はゆっくりと名刺を差しだした。

兄のほうが素早く一歩前に出て、俺の手から名刺を受け取った。

「ありがとうございます！　頂戴します！」

その横で妹が「先を越された！」という表情をして、あからさまに「私にもください！」と言いたげに俺を見つめた。俺はとりあえず「わかってるよ」と小さく頷いた。

妹のほうに名刺を差しだしながら考えた。

ということは、俺はこの双子のうち、どちらか一人を正式採用に選ばなければならないということか。双子のうち、一人だけを――。

妹の方が、「頂戴します！」とほとんど俺の手から名刺を〝奪い〟取った。

翌朝、事務所の扉を開けると、ミヤビが相変わらずの呑気《のんき》な顔でニヤニヤと笑っていた。

「うわあーなんか眩《まぶ》しいッスねえー。ブランニュー☆って感じー」

結局、昨日ミヤビは事務所に戻ってこなかった。

「ちゃんと挨拶した？」

俺の声に、ミヤビが振り返った。

「おはようございます」

珍しくきちんと挨拶した俺を見て、ミヤビの顔にニヤニヤが増した。

初々しい声の主たちは、俺の元へ駆け寄ってきた。

「「おはようございます！　田中先輩！」」

腰をきっちり四十五度に折り曲げるその姿は新鮮そのものだった。

案の定ミヤビがプーッと吹きだした。

「タナカパイセン、チーッス！」

完全に馬鹿にしている。俺はとりあえずミヤビを無視することに決めた。

「修司くん、おはようございます。本日はとても良いお天気ですね」

いつもと変わらず、道野辺さんが紳士の佇《たたず》まいで近づいてきた。

「道野辺さん、おはようございます。本当に、歩いていて気持ち良かったです」

道野辺さんはにっこりと微笑んだ。

「ところで、昨日はいかがでしたか？」

「はい、まずは基本的なことを、電話の出方とか一通りお伝えしまして……あっ、そうだ」

俺は鞄《かばん》の中からプリントアウトした表を取りだした。

「これ、何をいつ誰が伝えたかわかるように表を作っておいたので、事務所に貼ってもいいですか？」

「もちろんです。こちらに貼りましょう」

道野辺さんがプリントを受け取り、眼鏡をずらすとしげしげとそれを眺めた。

「修司さん、これ家で作ってきたんスか？」

「違うよ、昨日帰る前に本社に寄って作ったの」

「なんでわざわざ本社で？」

ミヤビは道野辺さんの手からプリントをひょいっと取り上げて言った。

「いや、まあちょっと用事があって……」

俺はミヤビに目くばせをした。

「何の用事ッスか？」

「ちょっと社長にね、訊きたいことが……」

俺はミヤビに何度か目くばせをした。

「なに訊きに行ったんスか？」

空気読めよ。

「まあ、それはまた後で……」

双子に関する相談だよ。ちょっとは察しろよ。

「ああ、何でこんなこと訊いたかってーと……。いいっすか？　超大事なこと言いますよ？」

ミヤビはなぜか椅子にどかっと腰かけると、ちょいちょいと手招きをして双子を呼んだ。双子はメモ帳とペンを握ったまますささっとミヤビに走り寄った。

「この会社、サビ残禁止なんで」

なぜかミヤビは声を潜めて言った。

「家でやってもOKッスけど、持ち帰るならその分も申請しねーとね。申請の仕方は修司さんまで」

おい。教えるならちゃんと最後まで教えろ。

「サビザン……」

兄のほうがペンを構えたまま、呟いた。

「サービス残業！」

すかさず妹が言った。

「やべー修司さん、サビ残ってもう古いッスか？」

ミヤビが悲愴《ひそう》な顔で俺を見た。

妹の方が「違います！」と首を振った。

「かえ、吉田さ……兄は海外から戻ったばかりなので」

自分の兄を会社でどう呼ぶべきか戸惑っているらしい。

「確か、カナダの大学にいたんスよね？　あっちは夏卒業だから、楓っちはいわゆる新卒ってヤツッスね」

「へえー、そうなんだ。じゃあ、葵さんも海外にいたの？」

俺の言葉に、吉田葵が「私は……」と俯《うつむ》いた。

その瞬間、兄が「あの」と口を挟んだ。

「忘れないうちに、その申請の仕方をお聞きしてもよろしいでしょうか」

「あ、そうだね。ええと、今はまだ使うことはないんだけど、外のパソコンからも勤怠管理にログインできる方法があって……」

俺が説明を始めると、二人は揃ってノートを準備した。

昼時になり、俺とミヤビは打ち合わせもかねて一緒に食堂へ行った。二人には気分転換も必要かと思い、外に食べに出てもらった。道野辺さんが安くてうまいおすすめの定食屋を二人に教えてあげていた。

食堂で納豆スパゲッティをテーブルに置いたミヤビが口を開いた。

「修司さん、マジ空気読んでくださいよー」

おまえが言うなよ。

俺は不本意な気持ちで「どういうこと？」と尋ねた。

「葵っちは『兄は』って言ったでしょ？　てことは葵っちは日本にいたってことでしょ？　二人とも四大卒なんだから、この時期に入社ってことは、少なくとも新卒ではないっしょ？　前職があるなら、前職を辞めてここに来たってことでしょ？　葵っちにとっては割とデリケートな話題なんじゃないッスかあ？」

つらつらとそう話すと、ミヤビは納豆スパゲッティを頬張った。

「そっか……」

俺は少し反省した。

「昨日、身の上のことは一通り聞いたのかと思ってたッスよ」

「いや、もう昨日はそれどころじゃなくて。なんたって二人が張り合うのなんの。競い合ってるのが目に見えてわかるから、こっちも焦っちゃって」

俺は天ぷらうどんをすすった。ミヤビは相変わらず豪快に納豆スパを頬張っていた。

「まあ、どっちか一人だけって言われたら、そりゃそうなるッスね」

「兄の、ええと兄が楓くんだよね。楓くんのほうが、海外の大卒で新入社員枠。妹の葵さんのほうが第二新卒ってことか」

そのとき、道野辺さんからメールが届いた。

『私、本日は十八時まで事務所におりますので、よろしければその間に二人を本社に案内してはいかがでしょう？』

俺はメールをミヤビに見せた。

「だってさ」

ミヤビはうんうんと頷いた。

「じゃあ、昼休憩が終わったら来てもらおっか。二人とも面接受けたのなら本社の場所は知ってるよね？」

「ッスね」

そう言っていたミヤビは、結局直前になって「奥さん紹介するとか恥ずかしいじゃないッスか」とどこかへ消えてしまった。おいおいと思ったが、まあ確かに案内なんて二人がかりでするようなことでもないし、ここは俺が引き受けることにした。

待ち合わせは玄関前にした。ほどなくして歩いてくる二人が見えたが、なぜか妹のほうがビルを見上げて立ち止まった。俺は二人を迎えに外に出た。

妹は空にグンと突きだしたピカピカのビルの前で「うわあーすごい」と歓声を上げていた。

「こんなに大きいビルだとは思いませんでした!」

迎え出た俺に、彼女は興奮気味でそう言った。

「あれ、来たことなかったの?」

俺の疑問に兄が慌てた様子で「面接とかは事務所の方でおこなっていたので」と答えた。

「そうか。じゃあ、わかりにくかったね、ごめん」

「いえ、道野辺さんに教えていただきましたので」

楓くんはそう言ってニッコリ笑った。

「まず、簡単に社内の案内をするね」

玄関を入ると、俺は「こちらが受付」と手で示した。

「はい!」

彼らはさっそくメモとペンを取りだしていた。

俺が受付に体を向けると、すっと佐和野《さわの》さんが立ち上がった。相変わらず美人だ。

そして彼女は社長の娘で、なんと、あのミヤビの奥さんだ。

「おはようございます」

佐和野さんは美しくお辞儀をした。肩下まである艶のある髪がさらさらと揺れた。

二人が少々緊張した面持ちで「おはようございます!」と頭を下げた。特に妹のほうは、頬に少し赤みが差していた。

「佐和野さん、ご紹介します。こちらが……」

そう言いかけて、俺は言葉を飲んだ。二人が不思議そうな視線をこちらに向けた。

「佐和野さんなら、もうご存じですよ、ね……?」

佐和野さんは「ふふっ」っと悪戯《いたずら》っぽく微笑んだ。

「バレちゃいましたか?」

その可愛《かわい》らしさに俺の頬も思わず緩んだ。くそ、どうしてミヤビの妻なんだ。

「楓くん、葵さん、こちら受付の佐和野さん。この会社の人間のことを誰よりもよく把握しているから、重々気をつけてね」

俺が冗談っぽく返すと、佐和野さんは「そんな言い方なさるんですか?」と、俺を横目で軽く睨んだ。俺は心の中でミヤビに悪態をついた。

「というのは冗談で、社内のことで何かわからないことがあれば彼女に訊くといい。誰がどこの部署とか、何がどこにあるとか、とにかく何でも。佐和野さんは社内のことは何でもご存じだから。エキスパートだよ」

「はいっ」

「何卒よろしくお願い申し上げます」

二人交互に頭を下げた。佐和野さんがミヤビの奥さんだということは伝えないことにした。まあ、俺も最初は知らなかったし、そのうち本人から聞くだろう。

「こちらこそ、よろしくお願いいたします。何でも訊いてくださいね」

佐和野さんは女神のごとく微笑んだ。

受付を離れてエレベーターホールへ向かう途中、葵さんがぽつりと呟いた。

「田中先輩ってすごいですね……」

「えっ、何が？」

今までの工程で「すごい」と言われるようなことは一つもなかった気がするが。

「あんなキレイな方と一緒に、仲良さそうに働いてるなんて……」

ショックを受けるといけないので、ミヤビとのことは当分伏せておこうと固く心に誓った。

「二人は、コミュニケーションとか取るのは、苦手ではない方かな？」

二人が一瞬、黙った。

「はい……僕は苦手ではありません」

楓くんの言葉に、葵さんの顔が曇った。

「葵も、苦手ではないと思います」

葵さんが楓くんの顔を見た。

「そっか、それはいいね。いや、正直俺は凄《すご》く苦手だったんだ。特に初めの頃は」

二人は驚いた顔を見せた。

「前の会社で色々あってね。それから人が凄く苦手になった時期があってさ」

俺の話に、二人が言葉を探しているのがわかった。

「あ、ごめんごめん。暗い話しちゃった」

そのときタイミングよく、エレベーターが到着した。

「では、上へ参ります」

俺はエレベーターに乗り込むと努めて明るく言った。

「――で、食堂は三十階。社長室は一番上の三十二階ね。社内はこのくらいかな？」

「『はい、ありがとうございました！』」

二人は声を揃えて言った。

「うちは休憩時間とかお昼の時間も決まってないから、好きなタイミングで食事したらいいよ。でもやっぱり十二時台が一番混むかなあ」

「はい！　十二時台が混む……と」

そう言いながら葵さんはメモを取っていた。

「知ってると思うけど、うちは完全フレキシブルだから。実務時間は名栢《なかや》さんに聞けばいつでもわかるし、ほっといても週ごとに報告してもらえるけど、自分でも勤務時間の管理はしといたほうがいいよ」

「はい」

「はいっ！」

「あ、あと……言っても俺もまだ四年目だし、他の社員に比べるとぺーぺーみたいなもんだから、そんなに畏《かしこ》まらなくて大丈夫だからね？　先輩呼びも、照れるからやめてもらえるとありがたいな」

「はい」

「はい！　お気遣いありがとうございます！」

軽く微笑んで頷く楓くんに対し、勢いよく返事をしてくれたのは葵さんだった。

「あの……何て言ったらいいのか……。この会社ちょっと変わった人っていうか、いや、悪い意味じゃないんだけど個性的っていうか……、マイペースな人が多いから。二人も適度に気を抜いたほうが早くなじめるような気がするんだ。だから……」

「はい！」

勢いよく言いながら、葵さんはさらにペンを走らせた。

「あ、あの……ちなみに、今は何メモってんの？」

葵さんは顔を上げると笑顔で言った。

「今おっしゃってくださったことをメモしています！」

メモには『マイペース・個性的・適度に気を抜く』等《など》の単語が見えた。

「あ……そっか……」

「はい！　ご指導ありがとうございました！」

葵さんは深々とおじぎをした。

真面目ないい子なんだけどな……。俺の胸に一抹の不安がよぎった。

「二人、今日はどうでしたあ？」

二人が退社した後の事務所に、途中で消えていたミヤビが意気揚々と現れた。

「ああ、楓くんのほうはだいぶ落ち着いてきたね。葵さんのほうは……まだ少し緊張してるかな？　でも二人とも真面目な、凄く良い子だよ」

俺は今日二人に伝えたことをチェックシートに書き込みながら言った。

「その割には浮かない表情ッスね」

「いや、本当に凄く良い子なんだ。やる気もあるし……ただ、葵さんはちょっと気合いが入りすぎと言うか……。いや、でも第二新卒ならあれくらいが普通なのかな？　やる気があって真面目な良い子……。うん、悪いところないよね。なんかもう俺が麻《ま》痺《ひ》しちゃってるのかも」

「麻痺ってなんスかあ？」

ミヤビが大きく伸びをしながら「ふあーあ」と欠伸《あくび》し、首をポキポキ鳴らすと常備しているチョコレートを口に放り込んだ。

「そういうのに、だよ……」

「へっ？」

ミヤビが口をもぐもぐさせながら、いかにも眠そうなマヌケ面を俺に向けた。

「いや、何でもない。問題ない。凄く良い子だよ」

やっぱり俺が麻痺しているだけだ。あの子は一般常識のある真面目な新人だ。俺は改めて確信した。


翌日、俺とミヤビは相談して二人に課題を出すことにした。

それを伝えると、それぞれの顔に緊張が走った。

まずは楓くんだけを連れて、約束の場所へ向かった。

「さすがにまだ実際の依頼者を手伝わせるわけにはいかないから、今回は特別に元依頼者の方にこちらからお願いしたんだ」

俺はエレベーターのボタンを押して、言った。

「その依頼者の方の情報は教えていただけないんですね」

「実際も依頼者に会うまではその人の情報はわからないからね。今日一日、依頼者のお役に立てるよう、頑張ってみてほしい」

「かしこまりました」

楓くんは落ち着いた様子で言った。

その翌日、今度は同じ場所に葵さんを連れてきた。

「葵さん、大丈夫？」

彼女はめっきり口数が少なくなっていた。

「だ、大丈夫です！」

その表情からは緊張が隠せなかった。

場所は都内の高級ホテル、その一室の前まで行くと、俺は立ち止まった。

「さ、準備はいいですか？」

インターフォンを押そうとしたその瞬間、部屋の中から「うぉぉぉぉぉ」という猛獣のような雄叫《おたけ》びが聞こえた。

昨日とまったく同じ登場か。俺はクスリと笑った。葵さんが不安そうに俺を見た。

扉を開けると、懐かしい人がこちらを向いて立っていた。

「いやあ、やっぱり本当に行き詰まっているときじゃないとストレス発散はできないね」

漫画家の東條《とうじょう》隼《はやと》先生は、照れくさそうに笑った。


そのまた翌日、今度は二人を連れて東條先生の元へ向かった。

先生は今、新しいネームを考えている最中で、若い新入社員と話して刺激がもらえれば、と俺からの頼みを引き受けてくれていた。双子ということにも興味を持っていたようだった。

「楓くんも葵さんも、東條先生とお会いするのは二回目だね」

二人は同時に「はい」と答えた。

いつもの部屋の前へ行くと、扉をコンコンとノックした。

ガチャリと扉が開いて「お待ちしてましたよ」と東條先生が顔をだした。

「今日は叫んでないんですね」

部屋に入るなり、楓くんがクスリと笑いながら言った。

「いやあ、あれ、修司くんにやれって言われたんだよ」

「やれとは言ってませんよ。ただ、やっても面白いかもって言っただけで」

「どう違うんだよ。酷《ひど》いよね、僕のせいにして」

東條先生は柔らかく笑った。

「あの叫びは、ストレス発散でしてるんですよね？」

楓くんは慣れた手つきで、バーカウンターのコーヒーを用意しながら言った。

「ああ、ありがとう。そうなんだ。ストレス発散でね」

葵さんが慌てて楓くんの手伝いに入った。

「僕、あの後色々なストレス発散法を調べてみたんです。自分なりにまとめたものを持ってきたので、よかったらあとで読んでみてください」

「ありがとう。ぜひ参考にさせてもらうよ」

葵さんがカップをカタカタ言わせながら、東條先生の前にコーヒーを置いた。

東條先生は優しく「ありがとう」と伝えた。

後ろから楓くんがビニール袋を持って現れ「駄菓子持ってきたんで、ご一緒にどうでしょう」とテーブルの上にガサッと色とりどりの駄菓子を広げた。

東條先生は「うわあ、嬉しいなあ」と声を上げた。一昨日、初めて東條先生とお会いしたとき、楓くんは「差し入れで貰《もら》って一番嬉しいもの」を聞いていた。なんとソツのないことか。俺は素直に感心した。

「修司くんと仕事をしていたときも、よく差し入れてもらったんだ」

東條先生はミルクせんべいの袋を子供のような笑顔で開けた。

「あの、私は美味《おい》しいバームクーヘンを持ってきたんです！」

葵さんは急いで紙袋の中から四角い箱を取りだすと「切ってきます！」と奥に消えた。しばらく楓くんと東條先生と三人で駄菓子を食べながら談笑していると、奥から葵さんがおずおずと顔を出した。

「あ、あの……ナイフが見つからなくて……」

えらく時間がかかっていると思ったら、それで戻ってこなかったのか。

「ホテルの部屋にはナイフは置いてないから、フロントに電話して貸してもらおう」

俺がそう言うと、東條先生が「そのままで構わないよ。手でむしって食べたほうがうまい」と気遣ってくれた。それを聞いた楓くんが鞄の中から除菌ウエットティッシュをさっと取りだした。バームクーヘンはとてもおいしかった。

その後、ストレス解消法の話になった。

「僕は思いっきり走るんです。できればきれいな景色の場所を、ただひたすら。けれど日本に帰ってからはなかなか気に入るランニングスポットが見つからなくて」

楓くんが先に口を開いた。

「カナダにいたんだったよね？」

「はい。自然も街並みもとてもきれいで、走る場所には困らなかったですよ」

楓くんは冗談ぽく言うと笑った。

「僕も次の休暇に行ってみようかなあ」

「夏がお勧めです！　絶対に夏！　日差しは強いですけど、日本みたいに湿気《しっけ》てないから過ごしやすいんです。空気がカラッとしていて、風もあって気持ちいいですよ」

「もし本当に行くことになったら、色々訊いてもいいかい？」

「もちろんです！　僕、まだ名刺を持ってないのですが、よろしければアドレスを書いてきましたんで……」

楓くんはさっと胸ポケットから名刺ケースを取りだした。

「名刺、手作りしてきたの？　準備がいいなあ」

東條先生は、楓くんから手作り名刺を受け取ると、ニッコリ笑った。

葵さんは隣で苦虫を噛《か》み潰したような顔で押し黙っていた。

「ところで、せっかく二人揃ってるんだから訊きたいことがあるんだけど」

東條先生の言葉に、葵さんが前のめりになって「なんなりと！」と答えた。

「双子ならではのエピソードとか、困ったこととかあるかな？」

瞬間、二人の頭がフル回転しているのが見ていてもわかった。

「はい！」

葵さんが手を上げた。早押しじゃないんだから。

「なぜか同じような服を買ってきちゃうことがあります！」

「それは困るの？」

「だって、兄妹でペアルックみたいになるじゃないですか！　すごい仲良しアピールみたいで気持ち悪いし。しかも、なぜか着る日が被《かぶ》るんです」

「なるほど」

東條先生は楽しそうに笑った。

「双子だからではないかもしれないんですけど、今まさに困っていることなら……」

楓くんが続いた。

「社内でお互いをどう呼べばいいのか、考えていて」

「あ、それは私も！」

葵さんが再び手を上げた。

「修司くんは、二人のこと下の名前で呼んでるよね？」

東條先生が俺を見た。

「はい、同じ苗字《みようじ》だと呼びにくいですしね。うちは基本何でもＯＫなんです。ちょっとゆるい社風なので」

楓くんが「でも……」と頭をかいた。

「双子だとどうしても『家族感』が出ちゃって、なんというか気が抜けるといいますか。あと大きな声で呼ぶときとか、人前だとちょっと気恥ずかしかったり」

「なるほどねえ」

東條先生はう～んと首を捻《ひね》ると、ポンと手を打った。

「じゃあ、苗字は？　吉田くんと吉田さんとか」

楓くんが「あ、なるほど」と頷いた。

「確かに、他人感がでますね」

俺も同意した。

「同じ会社で苗字を呼び合う双子の兄妹。『吉田くんと吉田さん』か。なんだか日常系の四コマとか描けそうだな。いいネタ拾えたな」

東條先生がフフッと笑った。

「お仕事系、双子のドタバタですかね」

俺もクスッと笑った。

「ぜ、ぜひ、ぜひ描いてください！」

葵さんが前のめりで叫んだ。

あ、このテンションは違うぞ。俺は少し危機感を覚えた。

「でも実は僕、日常系も四コマも苦手なんだよねえ」

東條先生は葵さんをいなすようにそう言った。

「大丈夫ですよ、東條先生なら！」

何かのスイッチが入ってしまったように、葵さんがグイッと東條先生の前に身を乗りだした。

「東條先生、頑張りましょうよ！」

東條先生は困ったように微笑んだ。

「あ、葵さん、ちょっと待って……」

東條先生は本気で言ってるわけではない。さすがに止めに入った。

「大丈夫です、描けますよ！　東條先生なら絶対できます！」

違うんだ、漫画を描くってそういうことじゃないんだ。

楓くんがたしなめるように「葵」と呼びかけた。

「葵さん、あのね……」

俺も制しようとするも、時すでに遅かった。

「諦めたらそこで試合終了ですよ！」

あちゃー。どこかで聞いたことのあるセリフをドヤ顔で披露した葵さんに、俺はもう笑ってごまかすしかなかった。

「葵さん、もしかして……元バスケ部？」

苦笑いで尋ねた俺に、葵さんは無邪気な笑顔を見せた。

「はい！　あっ、もしかして修司さんもですか!?」

「いや、俺は違う……」

「バスケのめっちゃ面白い漫画あるんですよ！　めっちゃ名作なんです！　私も先輩に教えてもらったんですけど、修司さんも読んだ方がいいです！」

「それってもしかして……」

いや、もしかしなくても絶対アレだ。

「東條先生も知ってますかね？　あの、ス……」

言わないでくれ！

「待って！　東條先生は絶対に知ってるから！」

ようやく空気を察したのか、葵さんの暴走はそこで止まった。

「で、ですよね。漫画家さんですもんね」

目の端に東條先生の苦笑いが映った。

俺は心の中で「すみません」と謝りながら、こっそり頭を下げた。

帰り道、葵さんは見るからに落ち込んでいた。これはなんとかしなくてはいけない。

俺はミヤビと連絡を取り、楓くんだけ事務所に帰らせ、葵さんを事務所近くの喫茶店に誘った。喫茶店に入るとカウンターの奥にいたマスターに会釈して『RESERVED』の札が置かれた一番奥の席へと座った。

「ここ、実は会社の永久指定席で。打ち合わせにもたびたび使わせてもらってるんです。ほら、事務所はエレベーターがないから。上るの大変なときとか便利でね」

俺は「どうぞ」と葵さんを座らせた。

「なに頼みます？ コーヒーはもうたくさん飲んだから違うのがいいかな」

葵さんはしょんぼりと俯いていた。

「俺はスッキリしたの飲みたいから、ジンジャーエールにしよう。ここのピリッと辛めでおいしいんですよ」

「……じゃあ、私もそれにします」

葵さんが呟くような声で言った。

注文してほどなく、大きな輪切りレモンが飾られたジンジャーエールが二つテーブルに運ばれてきた。俺はとりあえずそれを飲み「はあー」と息を吐いた。

「今日はすみませんでした……」葵さんはそれには口をつけずにションボリと頭を下げた。

「何がです？ 俺には、特に謝られることをされた覚えはないですよ」

葵さんはゆっくりと顔を上げた。

「色々失敗しちゃったので、注意を受けるためにここに呼ばれたのかと」

俺は大きく首を振った。

「ちなみに、ですが……あ、どうぞ飲んでくださいね」

俺が勧めると、葵さんは「はい」とようやくジンジャーエールのグラスを手に取った。

「ちなみに、葵さんは今日どこが失敗したと思ったんですか？」

葵さんはグラスをテーブルに戻し、しばし口を噤《つぐ》んだ後、おずおずと「失礼なこと言ってしまったかな、とか」と呟いた。

「落ち込んでいるのは、それが理由ですか？」

葵さんは「はい……」と再び俯いた。

「それに関して言うのなら、東條先生は気にされてませんよ。彼は新人の不慣れなところも含め、受け止めてくださる方です。一生懸命な姿を微笑ましく思ってくださる方ですから。心配しなくて大丈夫です」

だが、葵さんの表情は晴れなかった。

「俺は、葵さんが落ち込んでいる原因はそこじゃないのかな、と思ってました」

彼女は少し顔を上げた。

「元をたどれば、あなたがそうやって気負ってしまった原因があるんじゃないですか？」

彼女はじっと俺の顔を見た。そして、おずおずと口を開いた。

「私、焦ってるんです。期限はあと一週間しかないのに……」

俺は頷いた。彼女は悔しそうに眉根を寄せた。

「わかってるから……」

あっという間に彼女の声が滲《にじ》んだ。

「楓にはかなわないってこと、昔から、わかってるから……」

彼女は俯き、洟《はな》をすすった。ぽたぽたとしずくが、握った拳の上に落ちていた。

しばらく涙を流した後、彼女は話し始めた。

「私たち、昔から仲はけっこう良くて。高校までは一緒でした。でも成績は、楓は常に学年で三位以内。私は必死にやっても十一位が限界で、一桁には届かない。どれだけ頑張っても、いつも楓には届かない。進路を決めるとき、楓がカナダに留学したいって言い出しました。私は理由を尋ねて、そうしたら楓はニッコリ笑いながら『だって、俺の名前と同じでしょ？』って。バカみたい」

「名前……あ、カナダの国旗って確か……」

俺はスマホを取りだし、検索した。

「これか……」

「はい。メープル、楓が国旗になっている国。そんな理由で決めるなんて、馬鹿でしょう、アイツ」

俺はハハッと笑った。

「穏やかな人だなって思ってたけど、案外、破天荒なんですね」

「そんな理由で留学したのに、英会話だってろくにできなかったのに、留年もせずきちんと卒業して、帰ってきたら英語ペラペラで。その上、私と同じ会社の面接を受けるなんて。ほんと、ヤなやつ」

そう言う葵さんの表情は、とても楓くんを憎んでいるようには見えなかった。

「この会社を受けたのは、偶然なんですか？」

俺の問いに、葵さんは小さく首を振った。

「いえ、楓が教えてくれたんです。私、実は前の職場であんまりうまくいっていなくて……。そんなときに楓が、良い会社もあるから転職も視野に入れたらって。でも書類審査が受かって面接を入れようとした日にどうしても有休が取れなくて。結局先走って辞めちゃいました」

「前職は何を？」

「広告代理店です」

「すごいじゃないですか」

俺は素直にそう口にした。

「でも上司と合わなくて、半年たたずに辞めちゃいました」

葵さんは悲しそうに微笑んだ。

「でもそれで次がうちって、結構すごいことですよ？」

葵さんは俯き、小さく「ならないですよ」と言った。

「この会社に入るのは、間違いなく楓です。わかってるんです」

「諦めたらそこで試合終了なんじゃなかったんですか？」

俺の言葉に葵さんは目を丸くして、フフッと笑った。

「今それ言いますか？」

「すみません。人生でそう何度もこのセリフを言えるチャンスはないもので。言いたくなっちゃって」

葵さんは何かが吹っ切れたようにクスクス笑い出した。

ひとしきり笑った後、「はあー」と大きな溜息《ためいき》をついて、葵さんは「聞いてくれますか？」と切り出した。

俺は「もちろん」と答えた。

「私、本当は楓になるはずだったんです」

葵さんは目尻の涙を拭いながら言った。

「どういうことですか？」

「両親は、双子だとわかったときに男女どちらでもつけられる名前を用意していて。最初に出てきた子が『あ』から始まる『葵』、次に出てきた子が『か』から始まる『楓』そう決めていたらしいんです」

「でも、楓さんの方がお兄さん……」

「はい。届けを出す際に、父が間違えて記入しちゃったらしいんです。だから、本当なら私が『楓』だった」

葵さんは再びクスッと笑った。

「たかが名前って思うでしょ？　私も気にしてなかった。でも、楓がカナダに留学するって言ったとき、考えちゃったんです。私が『楓』だったら、もしかして留学していたのは私だったのかなって。なんだか、人生が逆になってしまったような気がしてしまって。そんなはずないのに。私のほうがよっぽどバカ」

葵さんはフーと息を吐いた。

「楓って、ほんと凄いんですよ。頭が良くてスポーツもできて気が利いて、みんなに好かれる。思い返せば、楓にかなうものなんて何一つなかった。楓はサッカー部のレギュラーで、私はバスケ部の補欠。成績も、人望の厚さも、料理のうまさからプレゼントのセンスまで。楓には何一つかなわない」

葵さんはジンジャーエールをゴクゴクと飲み干し、グラスをテーブルに置いた。

「私って中途半端なんですよね。大した取り柄もなくて、受験勉強も自分では努力してきたつもりだけど、上には上がいて。社会に出るとよりそれを顕著に感じて。大した特技もなし。物心ついたころからずっと中肉中背の暮らし。普通の家庭で育って、特に不自由もしたことなくて、普通程度に友達がいて。そう言うとすっごく恵まれている環境だと思うんですけど、何て言うか、それだけなんですよ」

葵さんは空になったグラスをストローでガシャガシャとかき混ぜた。

「聞いていると、〝悪くない〟ように思えるけどね」

「悪くはないんです。けどずっと〝悪くない〟状態なんです。それ以上にはなれない」

葵さんは手を止め、再び大きな溜息をついた。

「悪くはない……か」

「田中さんは……何大卒ですか……？」

「俺はS大だけど……？」

「あっ……そうですか」

葵さんは明らかにホッとした表情を見せた。

「今、ホッとしたでしょ」

「いえ、違うんです。なんかこの会社ってT大とか海外の大学卒とかすごい人ばっかりで……。私はM大だから……そもそもどうしてここまで残ったのかなって」

「その疑問は俺も初め感じてたかなあ」

「田中さんもですか？」

「うん。ちょっと似てるよ。俺たち。今までの経緯も含め。ってことは、やっぱり普通なんだろうね。俺たちは普通でよくいる、悪くはない人生を送ってる人たちってことかな」

葵さんが複雑な表情で俯いた。

「やっぱり、もうちょっと我慢すべきだったのかな。前の職場で。せっかく新卒で入社できたのに。でも……楓が帰ってきて、久しぶりに楓のキラキラした表情を見ていたら……」

葵さんの目が再び潤んだ。

「変わりたいって、思っちゃったんです」

「……わかるよ」

「本当はもう限界だったんです。前の職場。本当は毎日辞めたいって思ってて。でも勇気がなくて、誰かに背中を押して欲しかった。それをしてくれたのは、やっぱり楓でした。だから、私は楓のせいにして……ここにきて、ここまで残って、今は楓に嫉妬してる。ダメダメです」

葵さんは項垂《うなだ》れたままフルフルと首を振った。

「俺には想像もつかないけど、考えてみたらすごいことだよね。生まれてからずっと、隣にいるなんて。同じ年齢で、一つ屋根の下で、同じ物を食べて育つ。きっと、永遠の友人でありライバルなんだろうね」

「私だって、楓みたいにキラキラしていたいです。だって、同じ時間分生きてきたんだもん。ずっと一緒に競い合ってきたんだもん」

最後まで、葵さんの瞳は潤んだままだった。

その後、ミヤビを付き添いにして、二人には本社でのサポート業務についてもらうことにした。事務所に残った俺に、道野辺さんが声をかけてくれた。

「修司くんは、率直に現時点でどちらが採用に近いと思われますか？」

「率直に言って、兄の楓くんですかね」

「それは、なぜですか？」

「葵さんは……少しまだ緊張されているといいますか……。空回りというか。うーん……本人も悩んでいるんですが、俺もうまくアドバイスしてあげられなくて」

道野辺さんは神妙な顔で頷いた。

「思うに、葵さんはペース配分が苦手なのかもしれませんね」

「ペース配分？」

「彼女は恐らく短距離走が得意なのでしょう。就職活動はある意味、短距離走な面が強いですが、実際の社会人生活は長距離走です。短距離走と同じペースで走ってはすぐにバテてしまいます」

その言葉がすとんと腑《ふ》に落ちた。

「葵さんは、ずっと短距離走のペースで走り続けている、ということか」

「ひょっとすると、以前の職場でもそうだったのかもしれませんね」

「なるほど。今すごくしっくりきました。実は俺も違和感を覚えていたんですが、その原因がよくわからなくて。そうか、ペース配分。彼女は常に全力過ぎるんだ」

「それが本来の姿であれば、ただ人より体力があるだけなので問題ないでしょうが……。果たして葵さん本来のペースはどこにあるのか……」

「多分ですが……あれは彼女の本来のペースではないと思います。それに加えて楓くんに対するコンプレックスからくる焦りで、さらにペースが上がって空回り、といったところでしょうか。うん、納得しました」

「修司くんがそう思うのであれば、きっとそうなのでしょう。今は誰よりも近くで彼らを見ていますからね」

「道野辺さん、俺はどうしてあげるべきでしょうか。正直に言って、今までこんなにマンツーマンで人を教育した経験がないので、少し不安なんです」

「それはいけませんね。あなたの不安は必ず相手に伝わりますよ。今の彼らの指針は修司くん、あなたです。指針がブレてしまっては真っすぐ進めなくなります」

「そうですよね……。すみません、道野辺さんに頼ってばかりで」

「いえいえ。若者に頼りにされるうちが花です。幸せなことですよ」

「二人が帰ったら、今後のことをミヤビと相談してきます。また道野辺さんにも相談させてください」

「いつでも歓迎いたします」

道野辺さんはニッコリ微笑んだ。

十七時になると、二人は本社から直帰し、ミヤビが事務所に帰ってきた。入れ替わりに道野辺さんは帰路についた。

「ミヤビはぶっちゃけ、どう思う？　どっちを採用すべきだと思う？」

「どうッスかねー。しょうみ、まだ五分五分ってとこじゃないッスか？」

いつも通り、微塵《みじん》も深刻さを感じさせない様子でミヤビは言った。

「そもそも、うちに必要な人材ってどんな人なんだろう。だって、もう凄い人が満遍なくいるじゃん？　むしろ普通の人がいないっていうか」

「じゃあ、そのいない人を補強すればいいんじゃないスか？」

「普通の人……？」

「ていうかその人材、目の前にいるッスよ？」

ミヤビがニヤッと笑った。

「でもようやくわかったんじゃないッスか、修司さんがここに選ばれた理由」

「え、なに？」

「さっき自分で言ったじゃないッスか」

「いない人材……」

「そう、うち普通の人が足りてなかったんスよ。これマジで」

「え、マジなの？」

「マジッス」

ミヤビは真剣な顔で言った。

「なんか、自信失《な》くすんですけど……」

「なんでッスか。大切ッスよ？　普通の感覚を持ってる人」

どうにも素直に喜べない。

「修司さん、ヒット作ってどうやったら生まれると思います？」

「どうって……」

「ヒットって、たくさんの人に受け入れてもらえるってことなんス」

俺は釈然とせぬまま「うん」と頷いた。

「そのためには、普通の感覚を持っているってことが、めっちゃ大事ッス」

「でも普通だけじゃダメでしょ？ プラスアルファがないと」

「それ、出会ったときからずっと言ってるじゃないッスかー」

ミヤビが面倒くさそうに、両手を上げて椅子の背もたれ部分にぐいーっともたれかかった。肩からポキポキと音が鳴った。

俺は「え、なんだっけ」とミヤビに尋ねた。

「クソ真面目」

思わずミヤビを睨んでしまった。

「いや、マジで超長所ッスよ？ マジメでコツコツすることを苦にしない。それはもはや才能の塊」

ミヤビが全体的にダルそうな顔で答えた。

「なんか、馬鹿にされてる気がするんだよな……」

ミヤビはふわあと欠伸をした。

「ま、それは置いといて、この先の話をしよう」

するとミヤビが突然、カーペットの端を指差した。

「修司さん、そのラインの上、真っすぐ歩けます？」

「え？ あそこ？」

何かの健康チェックだろうか。俺は立ち上がると、カーペットの端を踏んで歩いた。

「こう？　歩けるけど……」

「ドラえもんでこういう話があるんスよ」

ミヤビはお菓子ボックスからせんべいを選びながら言った。

「カーペットの端を真っすぐ歩くの？」

「ドラえもんがのび太に『畳のヘリを真っすぐ歩けるか？』って尋ねるんス。のび太は馬鹿にすんなって歩いてみせるんですよ。今の修司さんみたいに」

俺は自分の靴の下にあるカーペットのラインを改めて見下ろした。

「うんうん。それで？」

「次にドラえもんはのび太を高い塀の上に連れていって『じゃあここならどうだ』って言うんス。のび太は塀から落ちちゃって、こんな高いとこ歩けるわけないって怒るんス。けど、ドラえもんは『どうして？』って尋ねるんです」

「どうして？」

「畳の縁より広いのになんで歩けないの？って」

俺は再度自分の足元を見下ろした。

「……たしかに」

「ね、不思議ッスよね。脳が勝手に『高いところは歩けない』って思い込んでるんスよ。低いブロックの上なら真っすぐに歩けるってのに。そう思うと余計なことしてくれんなよって思いません？」

「脳に対して？」

「そうッスよ。だいたい全体の三割しか使わせてくれないなんてケチくせーし、なんだその制約って感じじゃないッスかあ。せっかく重たいもん頭に乗せてんだから百パーセント使わせてくれりゃあいいのに。しかも余計なこと考えさせて、地面からちょっと離れただけで、平均台の上すらまともに歩かせてくれねえ」

「平均台の上かあ」

俺は席に戻ると、ミヤビが抱えていたお菓子ボックスの中を覗《のぞ》いた。

「昔、高校で平均台の授業があったんスけどね。高さが一メートル以上あるような、体操で使う高いやつ。彼女が全然できなくて。あっ彼女ってか今の奥さんね？　彼女と同じ高校だったんスよ」

「はいはい」

俺はお菓子ボックスを取り上げると、自分の椅子に座った。

「で、平均台のテストがあったから昼休みに練習に付き合ってたんスけど、ほんの少し手を添えてあげるだけですらすら歩けるんスよ。本当に少しッスよ？　指先が触れるか触れないか程度の支えで、細くて高い場所を真っすぐ歩けるんスよ」

俺は思わず自分の手を見つめた。

「なんか、人間って脆《もろ》いなあって思って」

ふと見るとミヤビも自分の手を見つめていた。

「でも凄いなあって。こんなちっちゃな支えで真っすぐ前を向けるんだなって。オレのこんな細い指一本を信用してくれるんだなって」

「なんか、いい話だな……」

「そんとき改めて、この人を守っていこうって思いましたよね」

ミヤビはこちらを向いてニヤッと笑った。

「結局はノロケかよ」

「そーゆーことで、んじゃ」

ミヤビはスッと立ち上がり、片手を上げた。

「えっ！　帰るの!?」

「今の話で、今日娘と約束してんの思い出したッス」

ミヤビはそれだけ言うと、颯爽《さっそう》と立ち去った。

「いやいや、待っ……」

無情にも扉がギーーと音を立て、ガッチャンと閉まった。

俺はお菓子ボックスを抱え、一人虚《むな》しく閉まった扉を眺めた。

翌日、背筋をピンと伸ばして立っている二人の前に、俺は歩みでた。

「今日はご報告があります。二人にはそれぞれ二日ずつ、そして同時に一日、計五日間、東條先生のサポートをしてもらいました。その間、もし依頼をするならどちらにサポートについてほしいか東條先生に審査してもらっていました。その結果がきましたので報告しますね」

二人が、ごくりと固唾を飲んだ。

「結果――」

俺は少しもったいぶって二人の顔を見た。

「どちらも合格とのことです。おめでとうございます。どちらについてもらっても問題ないとお答えいただきました」

二人がきょとんとした表情を浮かべた。

「でも、そんなのって……」

葵さんが釈然としない、というように眉間に皺を寄せた。

「補足すると、これは良い結果でもあり、悪い結果でもあります。良い点はもちろん、揃って及第点の働きはしてくれたこと。悪かった点は、二人ともが決め手に欠けたこと。東條先生からこんなご意見をいただいています。読み上げますね」

俺は東條先生からいただいた手紙を開いた。

『お二人にはまずお礼申し上げます。先日はありがとうございました。そして、お詫《わ》び申し上げたい。こんな中途半端な結果になってしまいごめんなさい。けれど、これが正直な気持ちです。

個人の感想をあげるとすれば、楓くんは、機転がきき、飲み込みも早く、こちらの要望をさっと叶《かな》えてくれる。キャラに例えるならば優秀な執事タイプ。

葵さんは、とにかく一生懸命で、失敗も多いけど、たまにすごい魔法を使ってくれる。たとえるならば見習い魔法使いタイプです。

どちらも必要な人材であり、もっと言うならば、どちらもまだ不完全な人材です。

優秀な執事が魔法を使えれば、あるいは、魔法使いに執事の気遣いが身に着けば、何も怖いものはない。なんて思ってしまうのは贅沢《ぜいたく》でしょうか。漫画のキャラならいささかチート設定ですかね。

色々言いましたが、結局、僕は二人を描くなら『吉田くんと吉田さん』を描きたいです。同じ苗字の、同い年の、同じ輝く瞳を持つ、永遠の友人でありライバル。

そんな二人が一緒にいる景色を、ずっと見ていたいと思ってしまいます。

たとえ道が離れようと、心の中ではいつも隣にいる二人であって欲しいです。

東條隼』

「ということで」

俺は読み終えた手紙を畳むと、二人の目を交互に見た。

「今は完全にイーブンな状態です。残り一週間、二人とも頑張ってくれますか？」

二人は一瞬互いを見た後、力強く頷いた。

「はい」

「頑張ります！」

その日から、葵さんは楓くんを「吉田くん」と呼び始めた。それに答えるように、楓くんも葵さんを「吉田さん」と呼び始めた。それはまるで、初めてお互いを〝家族ではない場所〟に置いた瞬間のようだった。

二人は見違えるほど成長してくれた。吉田くんは以前よりずっと自己主張してくるようになったし、吉田さんは以前よりずっと周囲をよく見るようになった。

あっという間に、残りの一週間が過ぎた。

「どうしましょうか、本当に悩みます」

落ち着いた雰囲気の居酒屋でカウンターに並んで座り、俺は道野辺さんに話した。

「嬉しい悲鳴というやつですね」

道野辺さんは焼酎グラスを傾けて言った。

「そういや、こないだミヤビが平均台の上を歩く話をしてくれて。何か意味があるのかなって。道野辺さん、聞いたことあります？」

道野辺さんはコクリと頷くと、ふふと笑った。

「ミヤビくんを余程信頼してるのですね」

「えっ、そうですかね」

「誰かが話すことを、『自分に何かを伝えようとしてくれているのだ』と好意的に捉えられるのは、その人を心から信頼している証《あか》しです」

俺は少し照れくさくなって、目の前の秋刀魚《さんま》に箸をつけた。

「道野辺さんなら、その話を聞いてどんな感想を持ちますか？」

「私ですか？　私なら……」

道野辺さんは焼酎グラスの中に視線を落とした。

「人生とはまるで平均台の上を歩いているようなものだ、と」

「誰かの支えが必要……ですか」

俺もビールのグラスを傾けた。

「ええ。そしてそれは時に、たった一本の指先でも良い」

「それがあるおかげで怖がらなくてすむのかもしれない……か」

「逆に、誰の支えもないまま一人で歩く平均台は、きっと不安でしょうね」

「下に待ち受けるのが柔らかいマットではなくて、針のムシロなら余計に、ですね」

俺にはそんな存在がいるのだろうか、そう思うと少し寂しくなった。

「二人は生まれたときからずっと、互いにそんな存在なのかもしれませんね」

道野辺さんはそっと自分の指先を見た。俺もつられて自分の指を見た。

「そんな二人を競争させて、勝敗をつけるなんて、本当にしてもいいんでしょうか。

東條先生がどちらも選ばなかったこと、いや、どちらも選んだことが、正解に思えてしまいます。二人とも採用できないのかなあ……」

「それがまた、仕事の辛《つら》いところです」

道野辺さんが珍しく眉根を寄せた。

「そうですよねえ」

「それなりの給与を支払うには、こちらもシビアにならないといけませんからね」

「……ですよね」

俺はハアーと溜息をついた。


とうとう最終日がきた。会議室で、俺とミヤビと社長、三人がテーブルを囲んだ。

「では、この二週間の結果報告をお願いします」

社長が口を開いた。

「まずは、修司くんから」

俺は緊張を抑えるように「はい」と腹から声を出した。

「まず言いたいのは、二人がとても僅差だったということです。総合的に即戦力として考えると、一週間を終えた時点では明らかに楓くんが優勢だと思いました。けれど、最後の一週間、葵さんは落ち着きを取り戻し、本来の彼女の持ち味である明るさを存分に発揮しながら、こちらが想定していた以上の成長を見せてくれました。彼女はまだ未完成であり、それは言い換えれば伸びしろがある、ということでもあり、まだまだ成長する余力があると予想できます」

社長は「ふむ」と顎をさすった。

「楓くんに関してですが、彼はもはや完成されているような心証もあり、そこから更に大きな飛躍は難しいのではないかと思っていました。ですが、葵さんと同じように楓くんも成長を見せてくれました。彼の長所は堅実なところであり、同時にそれが短所でもありましたが、大胆な着想も述べてくれるようになりました。この短期間でこれは大きな進歩だったと思います。では結論を言います」

俺は大きく息を吸った。

「僕は、楓くんを社員に推薦します」

社長は何度か顎をさすると「僅差の中、楓くんを選んだ決定打はなんだったの？」と尋ねた。

「はい。正直、本当に悩みました。どちらも推薦できる人材だったからです。その上で楓くんを推薦する理由は、やはり総合力です。同じくらい良い人材であれば、プラスアルファで考慮するしかありません。学力が高いことや英語がネイティブレベルで堪能《たんのう》なことはプラスですが、そのような専門スタッフは既に大勢おります。僕はそれ以上に、楓くんが葵さんをフォローする力に魅力を感じました。彼は最初の一週間こそ葵さんと張り合う様子を見せましたが、後半の一週間は、完全に葵さんのフォローに徹していました。そういう人材はとても貴重です。葵さんにも楓くんをフォローする行動は見受けられましたが、まだ自分に精一杯な印象を受けました。率直に申し上げて、自分の感情的な部分としても、楓くんのような人と働きたいと思いました」

社長はニッコリ笑った。

「そうですか。なら、そういうことで、いいかな？　ミヤビくん」

「異議なしッス」

ミヤビがニッと笑ってサムズアップで俺を見た。

社長が事務所に電話をかけ、道野辺さんと待っていた二人を会議室に呼んだ。

「さっ、ここからが大変ッスよー」

ミヤビが俺を見て片眉を上げた。

「頑張って、合否を伝えてくださいねー」

「えっ！　俺が伝えるの⁉　社長じゃなくて⁉」

俺は目を見開いた。

「僕はいやだよー。そんな役。損しかないじゃない」

社長がしれっと言った。

ミヤビもしれっと言った。「修司さんが選んだんスよ？」

「いや、ミヤビだって……、ずるい！」

一気に汗が噴き出た。

「あ、暑いッス？ お茶買ってきてあげますねー、オレ優しいから」

立ち上がったミヤビの腕を「いや、いいから！」とがっしり掴んだ。

逃がしてたまるか。

「えー遠慮しなくてもー」

「遠慮してない！ ここにいろ！」

そんなこんなしているうちに、コンコンとノックの音がして、俺の緊張はピークへと達した。

社長は二人の姿を見ると、よいしょと立ち上がった。俺とミヤビも並んで立ち上がった。楓くんと葵さんは緊張した面持ちで直立していた。

「それでは、まず僕から」

社長がオホンと咳払《せきばら》いした。

「二人とも二週間本当にお疲れ様でした。大変よくやってくれたと聞いています」

二人が黙ったままお辞儀をした。

「結果は、三人の意見で決めました。一番あなた方を近くで見てくれていた、修司くんから結果をお伝えします」

社長は俺に手で合図を出した。心臓がバクバク音を立てた。俺は大きく息を吸って、一歩前に進みでた。空気にピリッと緊張が走った。

「まず初めに。二人とも大変僅差であったことをお伝えさせてください。合格点があるとするならば、二人とも文句なしの合格でした。しかし現実問題、一人しか入社していただけません。ですので、検討に検討を重ね、社員として働いてもらいたい方を最終決定しました」

俺は再び大きく息を吸った。

「吉田楓くん。ぜひ、ヒーローズ株式会社に入社していただきたく思います」

部屋が水を打ったような静けさに包まれた。自分の心臓の音がドクドクと聞こえそうだった。

「ありがとうございます」

楓くんがお辞儀した。葵さんは俯いて唇を噛みしめていた。

「おめでとうございます」

俺は楓くんの目をしっかり見て言った。

「ですが……」

楓くんが俺をしっかり見つめ返すと口を開いた。

「僕は……辞退させていただきます」

再び部屋がシーンと静まり返った。

「…………は？」

葵さんが目をまん丸に見開いて、声にならないような声を発した。

「修司さん、みなさん、本当に申し訳ございません」

楓くんは頭を九十度近くまで下げた。

「なに言ってるの……？」

そう言ったのは葵さんだった。

楓くんは葵さんに向き合った。

「葵は頑張ってたし、両方合格だと言ってもらえたということは、ここで働けるだけの能力もあるだろう。僕は、どうしてもここじゃなきゃダメだというワケじゃない」

葵さんはポカンとした顔で、楓くんを見上げた。

「僕はただ、久しぶりに葵と『競争』がしてみたかっただけなんです。結果、僕が勝てたから、それでもう満足です」

楓くんはそう言って、ニコリと笑った。

葵さんが「ふ……」と呟いた。

「ふざけんなっ‼」

言うが早いか、楓くんの胸倉を掴みあげた。

「葵さんっ！」

俺は慌てて葵さんを制しようと近づいた。葵さんの肩に手をかけようとしたとき、ミヤビが俺の腕を掴んだ。振り返ると、ミヤビは黙って首を振った。

葵さんは楓くんのシャツを握りしめたまま、楓くんはそんな葵さんをじっと見つめたまま、二人とも身動き一つしなかった。

「葵がここで働くんだよ」

楓くんがはっきりと言った。

「僕が辞退したとか、そんな理由どうだっていい。結果的には葵が最後まで残ったんだ。僕は自分の意思で辞退した。ここで働きたいというのが葵の意思なら、チャンスは掴むべきだ」

葵さんは涙の溜《た》まった瞳で、楓くんを睨みつけていた。

「それとも、葵も、僕と〝遊びたかった〟だけなの？」

瞬間、パンという音が響いた。

楓くんの頬に赤みが差した。

葵さんは怒りで肩を震わせていた。

「すみません……。そういうことなので、僕は失礼します」

楓くんは再び深々と頭を下げると、会議室を後にした。

俺はあまりの想定外の事態に、まったく頭が回らなかった。

「……少し、時間をおこうか」

社長がそう言って、俺たちに目で合図をした。

俺たちは社長と共に会議室を出た。道野辺さんだけが、葵さんと一緒に会議室に残った。

「彼女もまだ混乱しているだろうから、ちょっと頭を整理する時間を与えて、それからどうするか決めてもらおう。社としては次点繰り上げでまったく問題ない。結論が出たら連絡してください」

社長はそう言うと、去っていった。

俺とミヤビは顔を見合わせて、同時に溜息をついた。

三十分ほどして、道野辺さんが会議室から出てきた。

「そろそろ大丈夫でしょう」

俺とミヤビは道野辺さんに続き、部屋へと入った。

葵さんは俺たちを見ると、急いで立ち上がった。目は泣きはらしたように真っ赤になっていたが、思ったより落ち着いている様子だった。

「すみませんでした……」

葵さんは深々と頭を下げた。俺は首を振った。

全員席につき、俺は切り出した。

「葵さん、どうしますか？」

葵さんは俺に視線をよこした。

「葵さんも立派に合格点でした。色々と複雑な感情はあるでしょうが、ぜひ葵さんに働いてもらいたいというのが弊社の総意です」

葵さんは俯いた。ギュッと唇を噛みしめていた。

「個人的な意見を言わせてもらうと……。俺は、楓くんの言うことも一理あると思うよ」

俺は少し葵さんとの距離を縮めた。

「人生にそう何度もチャンスは訪れない。目の前に転がってきたのなら、全力で摑むことも一つの生き方だと思う。たとえそれが百パーセント納得できる形でなかったとしても。たぶん俺なら、そうすると思う」

「ちなみに、オレも同意見ッスね」

ミヤビが続き、道野辺さんも横でうんうんと頷いた。

「決めるのは、葵さんだよ。もし一緒に働いてもらえるのなら、俺もミヤビも道野辺さんも、みんな全力でサポートする」

葵さんがスッと顔を上げた。その瞳には、強い意志が宿っていた。

「ご迷惑をおかけしましたが、何卒よろしくお願いします」

葵さんは、背中をピンと伸ばし頭を下げた。

「こちらこそ、よろしくお願いします」

俺も頭を下げた。

「はー、大団円！」

ミヤビが拍手をして、俺と道野辺さんもそれに続いた。

あれから一週間、葵さんは本社での研修で奮闘している。

「お疲れさまです！」

食堂でトンカツ定食を食べていると、後ろから元気な声がした。

「ああ、お疲れさま！　調子はどう？」

葵さんは満面の笑みを見せ「絶好調です！」と答えた。

「お昼、ご一緒してもいいですか？」

「もちろん、どうぞ」

葵さんは笑顔でカレーとサラダとヨーグルトの載ったトレーをテーブルに置いた。

「ここのカレーうまいよね」

「もう食堂が美味しすぎて、太っちゃいそうです」

俺はハハッと笑った。

「あの、修司さん」

葵さんがかしこまった表情で俺を見た。

「どうしたの？」

「色々と本当にありがとうございました！」

「なに、急に改まって」

俺は少し照れながら言った。

「あの後すぐ本社研修に入っちゃったんで、ちゃんとお礼言ってなかったなって思って。あのとき、修司さんからアドバイスをいただいて、ハッとしたんです。あれがなかったら、私合格点はもらえなかったと思います」

「俺、何か言ったたっけ？」

「周りをよく見て、ペース配分を考えて走ってみようって言ってくれました」

「ああ、それ。俺のアドバイスというより、ほとんど道野辺さんのだよ」

「でもとっても役立ってます。私、これからも頑張ります。楓のこと見返してやる。あのバカ楓」

「うん、期待してます。早く依頼受けられるようになるといいね」

葵さんはとびきりの笑顔で「はい！」と笑った。

「その笑顔があれば大丈夫だよ」

俺も葵さんに笑顔を向けた。

「あーれれー」

後ろから面倒くさそうな声がした。

「なんスか。ナンパすか」

「どこをどう見ればナンパになるんだよ」

「その笑顔があればっ、大丈夫だよっ」

ミヤビが大袈裟《おおげさ》な口調で言った。葵さんがケラケラ笑った。

「そんな言い方してない！」

「してたッスよー。カッコつけちゃってー。その笑顔があればばっダイジョブだよっ」

「あーもう、うるさい」

「葵っち、騙《だま》されちゃダメっスよ！　この人、楓っちを選んだんスから」

「おまっ、それ……！」

「あーそうでしたー。忘れてましたー」

「いや、葵さんものらなくていいから。ていうか、お前も一緒に選んだくせに！」

「ちょっと聞きましたー？　そうやって人に責任押しつけて。男らしくなーい」

「あー、ほんとうるせえ」

食堂に葵さんの明るい笑い声が響いた。

STAGE 6 ½
楓くんと葵ちゃん

「あーおーいーちゃーん、あーそーびーまーしょー」

僕が覚えている中で、一番好きだった遊びはこれだ。

わざわざ家の外に出て、葵を呼ぶ。

「はーあーいー」と、葵は答える。

たったそれだけのこと。僕たちの遊び。

始めたのは、五歳くらいだったと思う。きっかけは近所である秋祭りだった。秋なのに花火も上がる大きな祭りで、地元の人間は必ずといっていいほど顔を出す。僕らの家の隣には年上のお姉さんが住んでいた。といっても当時小学生。その祭りの日、彼女の家に友達が迎えにきた。

「かーおーりーちゃーん」

「はーあーいー」

開け放された窓から家の中まで聞こえてくる声。

なぜか僕はそれがとても羨ましいと思った。

僕の隣には、生まれたときからずっと葵がいた。保育園にも通っていたし、他に友達がいなかったわけではない。それでも僕は何の疑問も持たず葵とばかり遊んでいた。なぜなら葵と遊ぶのが一番楽しかったからだ。

目を見れば何を考えているのかわかる。

声を聞けばどういう感情なのかわかる。

仕草を見れば何をしてほしいのかわかる。

以心伝心。その言葉は僕らのためにあった。

そんな葵と二人の世界に住んでいた僕にとって〝外から友達が迎えにくる〟〝家の中から返事がある〟というのはとても新鮮で、まるで大人の付き合い方に思えた。

僕はさっそく、家の外に出て葵を呼んだ。

「あーおーいーちゃーん」

葵は驚いて家の外に飛び出してきた。

「楓、どうしたの⁉」

「ちがうよ！」

「なにが？」

「返事してよー！」

僕はうわーっと泣いた。

葵はとても驚いた顔をして、なぜか「ごめんー」と言いながら泣いた。

驚いた母親が飛んで出てきて、僕らをなだめたが僕らは泣き続けた。

葵はのちに『あのとき、初めて楓が何をしてほしいのか理解できなくて、とても混乱した』と言っていた。


その夜、僕らは色違いの浴衣を着せられ、秋祭りに行くことになった。

もちろん僕は一目散に玄関を飛び出し「あーおーいーちゃーん」と呼びかけた。

さすがの葵は、家の中から「はーあーいー」と答えてくれた。

それからこれが、僕の中で一番好きな葵との遊びになった。

そしてこの秋祭りで事件は起こった。屋台に気を取られた葵が迷子になった。

ドーンドーンと花火が打ち上がる中、僕らは家族で葵を探した。

僕は力いっぱい叫んだ。

「あーおーいー!!」

けれど、子供の高く、まだ細い声は花火と雑踏の音に容易に掻《か》き消《け》された。

僕は何度も何度も叫んだ。

「あーおーいー!! どこー!?」

それは本当に、直感というか、偶然というか、説明のしようがない。でも僕には、はっきりと葵の声が聞こえた。小さく「かえで」と呼ぶ声が聞こえた。

「あっち!!」

僕は母の手を引いて走った。人生で一番一生懸命に走った。

そして、お面とわたあめの屋台の間に、茫然《ぼうぜん》と立ち尽くす葵を見つけた。

葵は見たこともないような不安そうな顔で、まるで絶望したように、泣くのを必死に堪えながら、ただひたすら小さな声で僕の名前を呼び続けていた。

「え、で……かえでぇ……」

僕の姿を見つけた葵は、顔をぐっしゃぐしゃにして、ふらふらと近寄ってきて、思い切り僕にしがみつくと、大声で泣き始めた。

「がーえーでえええぇ」

僕は心の底からほっとして「もう大丈夫だよ」と言った。

「どこいってだのぉー」

葵の中では、迷子になったのは僕ら家族のようだった。

そんな僕らはすくすくと大きくなった。僕らはいつも競争ばかりしていた。かけっこ、縄跳び、絵本の早読み、けんけん、じゃんけん、フラフープ、牛乳の早飲み。自転車の競争だけは絶対にしてはいけないと母から口すっぱく言われ、それでも一度競争を持ちかけた僕は、母にこっぴどく怒られたりもした。

どんな競争であっても、負けず嫌いの葵は僕に負けると必ずと言っていいほど泣いた。僕は葵を泣かしたいわけではなかった。僕はどちらかというと、自分が負けるほうがよかった。そうすれば葵はご機嫌で、また違う競争を続けられるからだ。

僕はただ、葵と競争するのが好きだった。

けれど僕の想《おも》いとは裏腹に、大きくなるにつれ、葵が負けて泣く回数が増えてきた。どうしてかわからない。しかし小学校の中学年にもなると、その変化は顕著に現れた。葵はいつしか、負けてもあまり泣かなくなった。そのかわり「男の子だから勝って当たり前じゃん」と言い、あまり僕と競争をしてくれなくなった。

小学校高学年になった葵はバスケ部に入った。葵から「楓も一緒にバスケしよう」と誘われたが、僕はサッカー部に入った。なぜなら、遊びを思いついたからだ。

バスケ部の葵は、自信のあったフリースローの勝負だけはしてくれた。七割の確率で葵が勝った。僕の目論見《もくろみ》通りだった。それからも葵はフリースロー対決だけはいつでもしてくれた。中学生になっても、高校生になっても、唯一それだけは続いた。

大学からは海外に留学した。新しいことだらけの生活と勉強に必死になっていると、いつの間にか卒業を迎えた。性《しょう》に合ったのか向こうでの生活は楽しかった。

そして、一人でやりきったという自信もついた。就職は日本でしようか現地でしようか迷っていたが、卒業の時期が向こうは夏と、日本より数か月遅いこともあり、とりあえずゆっくりしようと一旦帰国することにした。

葵は一足早く就職を決め、四月から広告代理店で働いていた。さすが葵だと思った。懐かしい日本に戻り、久しぶりに葵とゆっくり語ろうと、ワクワクしながら家で葵が仕事から帰るのを待った。金曜の夜だった。

僕が帰国することを伝えていたにも拘《かか》わらず、葵は終電間際の深夜になってようやく帰ってきた。玄関の鍵がカチャリと鳴って、僕は「おかえり」と葵を出迎えた。

そのときの葵の顔は、今も脳裏に焼きついて離れない。

灯《あか》りがパッと灯《とも》るような明るさも、それに照らされキラキラ輝く瞳も、葵の表情からは何もかもが消え失《う》せていた。

葵の顔は、疲れていて、辛そうで、目は澱《よど》み、不安そうで、まるで今にも消えてなくなってしまいそうに見えた。

僕はきっと驚いた顔をしてしまったんだろう。葵はハッとしたように「楓、おかえり」と笑ってみせた。

その日、葵はいくらか元気そうに僕と話した。でも土曜である翌日も仕事だと、朝から出勤した。そして、その日も終電近くに帰ってきた。

翌日の日曜、僕らは久しぶりに一緒に出かけた。僕は服を何枚か買って、その後一緒に映画を観《み》た。

帰り道にある公園にはバスケットボールが落ちていた。僕は久しぶりに葵を誘った。

「フリースロー対決しよう。負けたほうがジュースね」

僕はボールを拾って、バスケットゴールに向かって投げた。ボールは美しく弧を描いて、パスッと小気味よい音を立てゴールネットに吸い込まれた。

「よっしゃ！」

僕は葵にボールを投げた。葵はボールをタンタンと数回ついて、そしてそれをそのまま持つと、俯いて止まった。

「どうした？」

僕が尋ねると、葵は力なく「もう入らないと思う」と答えた。

「なんで？　わかんないじゃん」

僕は葵に投げるよう促した。葵はふう、と溜息のようなものを吐き、ボールを構え、宙に放った。そのボールは力なく飛んで、ゴールポストに擦《かす》りもせず地面に落ちた。

「ほら、ね」

そのときの葵の哀《かな》しそうな瞳は、僕の心をざわざわと波立たせた。

月曜、葵は体調不良で会社を休んだ。青い顔をして病院から帰ってきた葵はそのまま部屋にこもった。

火曜、葵は朝から出社した。そして、また終電間際に帰ってきて、そのまま部屋に入った。

水曜、この日も葵は朝から出社した。そして夕方、家に電話が掛かってきた。今病院で点滴が終わったから迎えに来てほしいという電話だった。

木曜、僕が止めるのもきかず、葵は朝から出勤した。また終電で帰ってきた。

金曜、葵はいつもより早めに帰ってきた。しかし、夕飯を食べた後、僕が少し話そうと部屋を訪れると、中から声が漏れ聞こえてきた。葵は謝っていた。小さな声で「申し訳ありません、申し訳ありません」と繰り返していた。

土曜、葵は仕事着ではない服で出かけた。友達と出かけるくらいの元気はあるのかと、僕は少し安心した。しかし、夕飯はいらないと言っていた葵は九時には家に帰ってきた。葵はそのまま部屋にこもった。心配で様子を見に行くと、部屋の中からすすり泣く声が聞こえてきた。

日曜の午前、葵が僕の部屋のドアをノックした。ドアを開けると、葵の目が「話がしたい」と言っていた。僕は「中で待ってて」と葵を部屋へ招き入れた。

僕はキッチンで甘いココアを二つ淹《い》れて、ポテトチップスの袋と一緒に持って、階段を上がった。部屋のドアを開けると、葵は寒くもないのに毛布にくるまって、ベッドにもたれるようにして床に転がっていた。僕は葵の横に座って、たわいもない話をした。葵は僕の留学中の話をたくさん聞きたがった。僕は葵に話すつもりで溜め込んでいたエピソードをここぞとばかりに披露した。

しばらくして、葵が「今、何時？」と聞いた。僕は「もうすぐ十二時」と答えた。

「お昼食べる？」そう尋ねると、葵は毛布の中で力なく首を振った。僕は「何時になるのが嫌なの？」と尋ねた。葵は驚いたように目を見開いて、クスッと笑った。

「どうしてわかるの？」葵が尋ねた。そんなの愚問だった。

「目を見ればわかるよ」僕は答えた。葵はまたクスッと笑った。

僕は留学中の話を再開した。

「――それで思ったんだ。行きたいところには行くべきだなって。結局はそれが一番後悔しない方法だってわかった。それと同じように気づいたことがあって」

僕はじっと葵の目を見た。

「行きたくないところには、行かなければいい」

葵の目に映っていた色が変わった。

「たとえば今日、何時にどこへ行くつもりか知らないけど、行きたくない場所にどうして行こうとしてるの？」

葵は僕から目を逸《そ》らした。

「その場所に何が待ってるの？　その後、葵はどんな顔して家に帰ってくるの？」

葵は腕の中に顔を埋《うず》めて「でも行かなきゃ……」と呟いた。

「行かなきゃ、上司に迷惑かかるから……」

「葵は無責任な人間じゃないよ。それなのに行きたくないのには、何か理由があるんでしょ。きっと、昨日どこかから逃げ帰ってきたことにも関係してるんでしょ？」

葵は埋めていた顔を上げて、僕を見た。

「楓は、エスパーみたいだね」

「エスパーだよ。知らなかったの」

葵はフフッと笑った。

「私、ミスしちゃってね……上司にも取引先にも迷惑かけてね……取引先の人にね、謝らなくちゃいけなくてね……でも、二人だったから……昨日、上司が来なくて、その人と二人になっちゃって……ごはんのときちょっとなんかベタベタしてきて……その後、二人きりで車に乗るのが怖くて……それで……」

「逃げてきたの？」

「うん……体調が悪いから、また明日必ずって言って……」

そのときの葵の表情には見覚えがあった。前にたった一度だけ見た。

「今朝、上司から電話きて、今日は直接ホテルの部屋に行けって言われたよ……」

祭りで迷子になっていたあのときの、不安そうで、絶望したようで、泣くのを必死に堪えている顔。

「それ、行きたいの？」

葵の表情がパッとこわばった。

「行きたいわけない！」

そうして、あの日僕を見つけたときのように、葵の顔はぐしゃぐしゃに崩れた。

僕は毛布の中に葵を押し込んで、その上からギュッと抱きしめた。

「もう大丈夫だよ」

毛布の中から嗚咽《おえつ》が聞こえた。

その後僕は、葵に指示を出し上司にメールでホテルの部屋番号を送らせ、証拠を残すとその部屋に向かった。まず葵が部屋のチャイムを押した。恐らくのぞき穴から確認したであろう取引先がドアを開けた。僕は蝶番《ちょうつがい》のある側の壁に張りつくように立っていた。葵が部屋に入るのを拒むと、取引先は「おいおい、今さらそれはないでしょ？」とニヤニヤしながら無理矢理葵の腕を引っ張り部屋に引き込んだ。僕は閉まりかけの隙間に足を突っ込み、手で押さえ、スマホで録画をしたままドアを全開にした。

部屋の中で取引先の男は「えっ、えっ」とパニックに陥っていた。

「どうも、うちの妹が大変ご迷惑をおかけしたようなので、謝罪にきました」

その場で上司にも電話をかけ「僕が一緒に謝罪に伺いましたところ、もう怒っていらっしゃらないようですので」と話した。上司も面白いほど狼狽《ろうばい》していた。

翌日から、葵はもう一度頑張ってみると、何事もなかったかのように出社した。スーパーウーマンだなと思った。けれど、やはりふさぎ込む日は多かった。

その頃僕は、日本で就職活動をおこなっていた。葵のためでもあった。良い会社があれば教えてやろうと思っていた。なんなら、同じ会社で勤務できないだろうかとさえ思っていた。そうすれば、今後そういった理不尽でバカバカしい事柄から助けてあげられる。そう思っていた矢先、ヒーローズ株式会社というあやしげな会社を見つけた。

インターネットでもなかなか企業情報が上がってこなかった。だが、公表している離職率が驚くほど低かった。ものは試しに書類を送った。書類審査に通り、試験と面接へと順調に進み、とうとう最終面接までたどりついた。

一方の葵は相変わらずふさぎ込んでいた。僕が証拠を握っているため、直接的な被害はなかったが、無視をされたり、いじめのようなことが起こったり、それはじわじわと確実に葵の心を蝕《むしば》んでいた。

最終面接のとき、かなりカジュアルな話し方をするヒーローズ株式会社の社長に「どうしてこの会社を受けたの?」と訊かれた。僕は正直に全てを話した。日本で就職しようと決めた理由、できれば今後、妹もここで働ければいいと思っている、とまで話した。

その翌日だった。僕は事務所に呼ばれた。そこはピカピカの本社ビルとは打って変わって、古く、今にも傾きそうな、エレベーターすらもない雑居ビルだった。税金対策で所有でもしているのだろうかと思った。

七階まで上がると立派な扉が現れた。コンコンとノックしてしばらくすると、扉はギギーときしみながら開いた。

中からは豪邸の執事頭みたいな老紳士が現れた。社長の秘書かと思った。ソファに案内されると「コーヒー、紅茶、日本茶、どれがお好みでしょう」と尋ねられた。「日本茶で」と答えると、とても美味しい緑茶と茶菓子を振る舞われた。しばらく待っていると「チーッス」という声と共に、ホストのような人が現れた。その人は僕の前のソファにどっかと座ると「どーも、ミヤビッス」と言った。僕があっけに取られていると、そのミヤビさんは「なんか、面接で妹も雇ってくれって直談判《じかだんぱん》したんッスって？」とケラケラ笑った。

僕が「そこまで言うつもりはなかったんですけど、話の流れでそうなってしまいました」と言うと、ミヤビさんはまたケラケラ笑った。

「いやあ、社長困ってたッスよ？ 『さすがに面接で妹を雇ってって言われたのは初めてだよー』っつって」

僕は素直に「ご迷惑をおかけしてすみませんでした」と謝った。

ミヤビさんは「いやあ、実はねえ」と茶菓子をパクパク食べながら続けた。

「ええと、吉田楓さん。あなた受かっちゃってるんスよ。弊社に」

僕は、日本の会社はこんな感じで合否が伝えられるんだなあ、と感心した。

「いや、これけっこう凄いことっスよ。うち毎年は取らないッスから。なんせみんな辞めないんで、バカバカ取ると人件費で会社潰れちゃうんスよ」

「ありがとうございます」

僕はとりあえず、言い忘れていたお礼を言った。

「〝離職率が低いからいい会社だろうと思った。だから妹もここで働いてほしい〟。なんでこんな妹思いなんッスか？　シスコンッスか？」

僕は思わず笑った。

「シスコン……ではないと思うんですけど、ちょっと普通の兄妹よりは絆《きずな》が特別かもしれません」

「てゆーと？」

「僕ら、双子なんで」

「ああー、男女で双子。二卵性双生児ってヤツッスね」

「はい。だから、妹の凄さは本当によくわかっています。ずっと同じ学年で一緒に育ってきましたから。現在も妹は広告代理店に勤めていますし、M大の仏文学科卒で、理路整然とした性格で、人柄も明るく人から好かれやすく、友人も多いです。そして何より努力家です。今だって会社でひどく理不尽な扱いを受けているのにめげずに出勤しています。でも、だからこそ心配なんです。贔屓目《ひいきめ》なしに見ても、あれだけの人材をいかさないなんて、会社にとっての損失でもあるのに……」

「あー、ちょっと一旦ブレイクしましょっか」

ミヤビさんが苦笑いを浮かべていた。

「すみません……」

ミヤビさんがニヤニヤしながら「なるほど」と呟いた。

「これを面接で炸裂《さくれつ》させたワケッスねー。いや、その場にいたかったッスよ」

「すみません。でももし可能性があるのなら、妹の長所は百個言えます。そして短所も百個言えます。それを聞いたうえで面接していただけるかどうか決めていただけると……」

「え、もしかしてオレ、今から妹の話二百個聞かされる流れッスか？」

ミヤビさんが心底面倒くさそうな顔をして笑った。

「お願いします。葵にチャンスを与えてください！　僕の合格は取り消しでも構いませんから、お願いします！」

ミヤビさんは「うーん」と口をへの字に結んだ。

「でもさすがに、兄貴がダメだから代わりに妹ってならないッスからねー。それ面接してる意味ねーっスからねー」

「それなら、僕が依頼人になります」

「おっ、そうきます？」

「妹を入社させてやってください」

「いや、それはちょっと反則ッスよ。だってそれやっちゃったら、金で入社するみたいな、裏口入社？　みたいになるじゃないッスか。それちょっとヒーローから程遠いおこないになっちゃうんで。ウチこれでも黒いことに手は染めない主義なんスよ？」

「面接を……面接をしていただけると……葵ならきっと受かると思うんです！」

ミヤビさんはふうーんと息を吐くと「ま、入社の約束はもちろんできねーッスけど……」と言い、チラリと僕を見た。

「ウチ、ヒーロー作ってる会社なんスよねえ。だから、ヒーローにしてくれって依頼は無下にできねーんスよねえ……」

そう言って、再びチラリチラリと僕を見た。

「ミヤビさん！」

「なんスか？」

「依頼者として、お願いします」

僕は背筋を正して、両手を膝に置いた。

「おっ、なんスか？」

「妹を、吉田葵を、スーパーヒーローにしてやってください‼」

そのまま頭を深く下げた。

「おー！ スーパーきちゃいましたかー。では、ご依頼ってことで。それならそれで、詳しいお話きかせてもらうッスよ」

「はい！ お願いします！」

「あ、でも長所短所二百個は勘弁してくださいね」

ミヤビさんはニヤッと笑った。

＊＊＊

僕は葵に引っぱたかれた頬をさすりながらトボトボ歩いた。

「葵が受かると思ったのになあ……」

「あーあ」

「楓っち！」

振り向くと、ミヤビさんが追いかけてきていた。

「これ、使って冷やしたほうがいいッス」

差しだしてくれたのは、小さい保冷剤をタオルにくるんだものだった。

「ありがとうございます。すみません、最後、変な感じにしちゃって」

「自分が落ちると思ってたっしょ？」

「はい。将来性を考えると、どう見ても葵のほうが伸びしろを感じてもらえるという
か、大化けしそうだと思ってもらえると考えてたんで」

「だからって、最後の一週間、あんなにフォローしちゃったらダメッスよ」

「バレないようにしてたつもりだったんですけど……」

ミヤビさんはニヤリと笑うと僕の肩をポンと叩いた。

「まあ、最後は修司さんもだいぶ悩んでましたけどね。両者ほぼ互角の戦いでした。楓っちの敗因は、ウチの社員を見くびったってことッスよ。修司さんは思ってるより見てますよ、ちゃんと」

「ちゃんと審査してくれてたんですね」

「ガチッスよー。だから、葵っちが合格ラインを勝ち取ったのも、ガチッス。うちだって貴重な社員、本気で選ばなきゃダメっしょ？」

「修司さんには、申し訳ないことしてしまいました」

「ま、これも仕事ッスから。気にしなくていいッス。マジで」

「本当のこと、修司さんに話さないんですか？」

「話さねーッスよ」

ミヤビさんは当然というような口ぶりで言った。

「修司さん一人だけ知らなかったって、なんか酷いですよね」

「あ、それ言いますー？　楓っちのためにやったのにー」

ミヤビさんはケラケラ笑った。

「でも、最後もしかしたらわざと手抜くかなーと思ってたんスけど、それはしなかったッスね」

「昔、したんですよ。一回だけ。葵が競争してくれなくなるのがイヤで、縄跳びをわざと失敗して。そしたら……」

「そしたら？」

「ソッコーでバレて、大泣きされたあげく、思いっきり腹にパンチされました」

ミヤビさんがギャハハハと笑った。

「今日と全く同じじゃないッスか。成長してねー」

「それから二度と縄跳びの勝負をしてくれなくなったんで。だから今回は手を抜けなかったんです。どうせバレるから」

「以心伝心すぎるのも、考えもんスね」

ミヤビさんは慰めるように、再び僕の肩をポンポンと叩いた。

「まあ、でもそれなら大丈夫か」

「なんですか？」

「いやあ、さすがに大激怒だったんで、ちょっと心配してたんスけど。大丈夫ッスね？　双子の絆は」

僕はニコリと笑った。

「大丈夫ですよ。以心伝心ですから」

それから数日、やっぱり葵は僕と一切口を聞いてくれなかった。

一週間後、秋祭りが開催された。僕にとっては久しぶりの祭りだった。

僕は葵の部屋のドアをノックした。

「葵、祭り行かない?」

ほどなくして、中から返事が聞こえた。

「行かない」

その声を聞いて、安心した。葵はもう、本気で怒っていない。

僕は玄関の外に出た。そして叫んだ。

「あーおーいーちゃーん!」

道路に面している葵の部屋の窓がガラッと開いた。

「うるさい!」

「あーおーいーちゃーん! あーそーびーまーしょー」

「楓とは二度と遊ばない!」

僕は葵の顔を下から見上げた。僕が帰ってきた頃とは全然ちがう、昔みたいにキラキラした瞳。そこにいるだけでパッと明るくなる空気。葵が戻ってきた。思わず頰が緩んだ。僕を見た、葵の眉がほんの少し下がった。少しだけ潤んだ瞳の中に「ありがとう」の文字が映ったような気がした。

「あーおーいーちゃーん、あーそーぼー！」

「いーやーだー！」

葵がぴしゃりと窓を閉めた。

「あーおーいーちゃーん！　僕、そろそろ通報されそーう」

再び窓が開いた。

「もーう！　ほんとにバカ！　バカ！　楓のばあああーか!!」

「あんたたち！　いい加減にしなさい！　幾つになったと思ってるの！」

家の中から、母の怒声が響いた。

僕は声を上げて笑った。葵も同じように笑っていた。

僕は声を潜めて続けた。

「あーおーいーちゃーん、あーそーびーまーしょー」

葵は、呆《あき》れたように笑うと「バーカ」と口だけを動かし、ピシャリと窓を閉めた。

窓が閉まった葵の部屋から「はーあーいー」と声が聞こえた。

STAGE 0
オウム男

特徴的なメロディがひっきりなしに店内に響いていた。

「あー、なんだ今日くっそ忙しいな」

そんな中、ジーパンのポケットに入れていたスマホからピコンと小さな音がした。

メッセージが入ったらしい。俺は人が途切れたタイミングで、客から見えないようカウンターの下でスマホを取りだした。最近はちょっと気を抜くとすぐツイッターに書かれてしまう。

「ああ、えらい人が多いと思ったら、今日だったか……」

メッセージを読み終えると同時にカウンターへ客が現れ、俺は急いでスマホをポケットに突っ込んだ。

カウンターに置かれた凍ったスポーツドリンクにピッとバーコードを通し、目の前の男に問いかける。

「百三十六円でーす。袋お入れしますか？」

男は隣に立つ女に問いかける。

「袋いる？」

「えーいらないかな。あ、やっぱ欲しい！」

「どっちだよー」

「だって、冷たそうだもん」

そりゃ凍ってるからな。

「冷たかったら俺持っとくよ。俺、手の皮厚いから」

男がなぜか自慢げに手のひらを女へかざしてみせた。

「ほんとだー！　すごい分厚いねー」

「だろー？」

どっちでもいいからはよせえ。

目の前でじゃれあうカップルを尻目に小さく溜息をついた。

「袋あったほうがゴミ入れたり便利っすよー、実際」

女が「ほらあ」とドヤ顔で笑った。

いやさっきは「冷たいから」って言ってたけどな。

「そっすか。じゃあ、入れてください」

本当は経費削減のため、そして地球的にはプラゴミ削減のためそのまま渡したほうがいいのだが、俺の精神的疲労を削減するためには早くこいつらを目の前から消したほうが利口だ。

冷たいペットボトルが飛ぶように売れる今日は、沿線沿いで今年最後の花火大会がある。秋祭りには珍しく花火が上がるこの祭りは、最後の浴衣を着られる日としても古くから地元の人間に愛されてきた。会場まではまだ距離があるが、このマイナーな駅から少し歩いたところに川があり、そこには障害物がないので、少し遠くの空に打ち上がる花火が見える。いわば穴場的なスポットだ。

一年でたった一日、今日のこの時間帯ばかりは普段閑散とした店も賑《にぎ》わいを見せる。恐らく一年で一番忙しい時間だ。しかし屋台すら出ないこの辺りでは、目にも艶《あで》やかな浴衣姿で来る人などはほとんどいない。

「せめて浴衣姿でもおがめると、ちょっとはヤル気でんのにな｜」

自動ドアが開くたびに響く、やたらと耳につくメロディ。

この日になると、あの頃のことを思い出す。

＊＊＊

あの日も今日と同じように、自動ドアの開閉に合わせてこのメロディがひっきりなしに響いていた。

その男は、メロディが鳴るたび「いらっしゃいませ」と、か細い声を発していた。

レジ打ち中であろうと、品出し中であろうと、彼は一度もその音を無視することなく律儀に「いらっしゃいませ」を繰り返していた。俺はその男を、心の中で『オウムさん』と呼んだ。

花火が始まると通常はパタリと客足が途絶える。ところがその夜は突然の雷雨となった。そのため、今度は傘が飛ぶように売れだした。雨宿りをしに、狭い店内に人が押し寄せる。可哀《かわい》そうに入ったばかりのオウムさんは右往左往していた。

ほどなくして花火大会の延期が決まった。延期日は来週末。俺からすれば忙しい日がまた一日増えることとなっただけだ。諦めた客らは愚痴を零しながらそれぞれ帰路につき、客がいなくなったタイミングでようやくオウムさんを休憩に入れ、彼が戻ってくると同時に残業していた俺は上がった。

バックヤードに入った俺は、派手な制服を脱ぎ捨て、店長の椅子にドカッと腰かけてさっき買ったサイダーを飲んだ。机の上にはクリアファイルにまとめられた履歴書の束。店長は整理整頓が苦手らしく、よく物を置きっぱなしにする。個人情報もへったくれもあったものじゃない。サイダーを飲みながら何の気もなくそれを覗くと、オウムさんの履歴書が一番上になっていた。

「へえー」

オウムさんは結構良い大学を卒業の上、有名な金融企業に三年間在籍。それを〝一身上の都合〟で退社、その後しばらく経《た》ってからこのコンビニでバイトを始めたようだった。

「訳アリ物件ってワケか」

真面目くさった表情の証明写真を人さし指でピンと弾いた。

大抵のヤツは、特に学生バイトは、無理矢理スーツに身を押し込んで猫を被った証明写真を貼ってくるため、いざ出勤してくると別人のように派手になるヤツも多い。

だが、オウムさんは違った。真面目くさったこの証明写真よりも、一層、真面目そうに見えた。というか最早《もはや》、目が死んでいた。

訳アリ物件のオウムさん。真面目が取り柄で死んだ目をした男。

これが、彼に対する第一印象だった。

「拓う、お願いがあるんだけどー」

さっきシフトを上がったばかりの学生バイトの坂垣愛莉奈《さかがきえりな》が、チャラチャラ音が鳴るんじゃないかと思うような歩き方で近寄ってきた。

「来週末のバイト、代わってほしいんだよねー」

またか。コイツは彼氏ができてからすぐバイトをサボりたがる。

「えーまたー？ やだよ、その日花火大会の振り替え日じゃん。クソ忙しいじゃん」

「だからだよー。一昨日《おととい》の花火、雨降って延期になっちゃったでしょ？ だから週末バイト入れなくなったのー」

『だから入れなくなったのー』じゃねえよ。

「ね、お願い！ 六時からでいいの！ 忙しいのは六時までてでしょ？ それまではちゃんと働くからあ」

なるほど、そこから彼氏と待ち合わせて川沿いに見に行くってわけね。

「えー、タダでは代われねえなあ」

「えーでもー、彼が怒るからデートとかはしてあげられないよ？」

いらねえわ。誰もが自分に好意をもっていると勘違いするのは勘弁してくれ。こういうときは遠慮せずに言いたいことを言うのが一番だ。

「いやいや、それ罰ゲームっしょ」

「えー！ ひどーい！」

しかし俺は内心「しめた」と思っていた。渡りに船とはこのことだ。

「じゃあ、一個頼みきいてくれる？」

「なになに？」

彼女は笑顔を見せていた。このときまでは。次のセリフを発した際の彼女の表情の変化が容易に予想できる中、俺は口を開いた。

「この前、お前がこの店に連れてきたあかりちゃんっていたっしょ？　ほら、インスタやってるって言ってた子。紹介してくれない？」

予想通り愛莉奈はあからさまに仏頂面になって口を尖《とが》らせた。

「また、あかりぃ？　しょっちゅう言われるんだよね。紹介しろって」

やっぱり、そうなるよな。ああ、面倒くさい。けど、これも大事な仕事のうちだ。

「まま、そう言わずに。なんとか、お願い」

俺は猫を被った笑顔で、両手を目の前で合わせた。

「紹介ってめんどくさいんだよねえ。それに、合コンとか彼が嫌がるしー」

わかったよ。カレシができて嬉しいのはもうわかったよ。

「じゃあ、もう一回この店に連れてきてくれるだけでいいからさ。後はほっといてくれたら自分でどうにかするから」

愛莉奈はチラリと俺に目をやった。

「連れてくるだけー？」

「そそ、連れてくるだけ」

愛莉奈は「えー、どうしよー」ともったいぶるように言った。

「バイト、代わっていらねーのー？」

「じゃあ、再来週も一日代わってくれる？」

マジか。まあでも、勤労二日追加で成果が出るなら悪くはない。

「わかった。いいよ、じゃあ計二日ね。その代わり、ちゃんと連れてきてよ」

「りょーかーい。じゃねーお疲れー」

「お疲れさーん」

愛莉奈は笑顔に戻り、意気揚々と去っていった。

鐘崎《かねさき》あかり。前に店に来たときは知らなかったが、後日ネットで検索するとフォロワー数がかなり多い人気のインスタグラマーだった。

「……使える」

SNSツールを利用した〝業務〟は俺の得意分野だ。特に流行《はや》りに敏感な女子はなるべく数多く押さえておきたい。

数日後、彼女は約束通り俺のバイト終わりの時間に合わせ、鐘崎あかりをコンビニまで連れてきてくれた。俺はソツなくあかりを食事に誘い出した。

女子ウケ抜群のオシャレカフェで、インスタ映えしそうなパンケーキを二つ注文し、俺はあかりに笑顔を向けた。

「今日はありがとー！　俺一度ここ来てみたかったんだよねー。二人だと甘いのとごはん系、両方食べられるからいいよね」

「ねー。ごはんシェアできる男の子ってうれしー」

あかりの機嫌も良さそうに見えた。

「俺も男同士だとこういうカフェ入りにくいから嬉しいー。なかなか誘える女友達っていなくて」

「えー女友達とか多そうなのにね」

「それが男ばっかなんだよね。女の子ってちょっと緊張するじゃん？」

「ほんとー？　全然そんなタイプに見えないけど」

「チャラそうでしょ？　愛莉奈にもいっつもそれネタにされてさ」

「うん、正直、チャラいよって聞いてた」

やっぱり、悪口吹き込んでたか。余計なこと言うなと思うが、まあそれも想定内だ。

「全然だよ。俺、見掛け倒しだから。あ、きたよ！」

運ばれてきたパンケーキは、いつも通り、抜群の存在感を示していた。

「わあー、めっちゃ映《バ》えるー」

あかりのテンションは目に見えて上がった。俺は彼女とテンションを合わせた。

「いいじゃん！　写真撮ろう！　待って、並べるから。こんな感じ？」

率先してテーブル上を整えると、あかりが「んー」と言いながらスマホを構えた。

「もうちょっと、こっちかな……」

女子にはとにかく共感する。同じことをして同じように喜ぶ。二人で写真を撮るのもそのうちだ。でも決して相手よりはうまく撮らないのもコツ。俺はあかりの撮った写真を覗いた。

「うわ！　あかりちゃんめっちゃうまいじゃん！　俺、なんかどう撮ったらいいのかイマイチわかんないんだよねー」

「わたしも、けっこう適当だよ？」

んなわけあるかい。というツッコミは心の中だけで唱える。

結局、熱々で届けられたパンケーキを前に、あかり自身が一緒に映ったショットも撮影して、それから更に加工を施した写真をインスタにアップするのに十五分を費やし、ようやくあかりはスマホをテーブルに置いた。それを見計らい、俺は言った。

「じゃ、食べよっか。俺取り分けるね。あんまり上手じゃないけど、いい？」

「わたしやったげるよ」

「マジでー。優しいー」

だいぶ心を開いてきた手ごたえはある。俺はあかりが取り分けてくれた、もう何度も食べたことのあるパンケーキを大袈裟に喜んで食べた。

結局三分の二以上を俺が食べ、あかりが落ち着いたのを確認すると、コーヒーで一息つきながらいよいよ本題を切り出した。

「ね、さっきの投稿どんな感じか見せて？」

あかりは「いいよ」とスマホをタップして、その画面をまず自分で確認し、満足そうに微笑むとスマホをこちらに向けた。

「うわー、もうこんなに『いいね』ついてんだ！　すげー」

「でも、まだそんなに多くないよ」

「あかりちゃんのインスタ、いつもセンスいいよね。俺、じつはフォローしてんだ」

「えー、そうなのー？　早く言ってよー」

あかりがまんざらでもない笑みを浮かべた。

「いや、ごめん。ちょっと恥ずかしくて。実は『今日のコーデ』載せてくれるの、めっちゃ楽しみに待ってる」

あかりはすっかりご機嫌になって「なにそれ」と声を出して笑った。ここで畳みかけることにした。

「普通こんなに『いいね』つかないよね。俺なんて全然……って当たり前か。ま、あかりちゃん自身がもう有名人みたいなもんだからね」

どこをつつけば相手が喜ぶのか、そんなこと手に取るようにわかる。

「別に、あかり全然一般人だしー。あ、たっくんのアカウント、これ？」

俺の呼び名はいつの間にか『たっくん』になっていた。

「そうそれ！　あっ、フォロバありがと！　やったー、友達に自慢していい？」

「えー、べつに自慢にならないよー」

こういう子は特に簡単だ。自己顕示欲をちょっとくすぐるだけでいい。ある意味とても素直だ。そして、ここからが重要だ。

「あれ！　絢翔《あやと》くんもあかりちゃんのインスタフォローしてんじゃん！　凄いね、仲いいの？」

一時間半かけてようやく本題までこぎつけた。もう少しスピーディーにいけるかと思ったが、急《せ》いては事を仕損じる。着実に進んでいると思えば、まあ悪くないペースだ。

「んーまああ、仲いいよ。メッセのやりとりなんかしてるかなあ」

要するに、まだ直接的な知り合いではないのか。プランBでいこう。

「へえー……あ、絢翔くんもこの漫画好きなんだ！」

俺はさも今見つけたように言って、漫画が写り込んだ写真をあかりに見せた。

「これ、俺も好きなんだよねー」

「へえー、どんな漫画？　面白いの？」

かかった――！　俺は心の中でほっと息を吐いた。このために時間をかけたんだ。

「面白い！『TORN&TONE（トーンアンドトーン）』っていってSFなんだけど、恋愛要素もあったりして、でもストーリーも複雑で伏線すごい張ってたりめっちゃ面白いの。てか今ちょうど持ってるんだけど。さっき休憩中に読み返してて」

「えー、すごい偶然。ていうかめっちゃしゃべるじゃん」

あかりはケラケラ笑った。もちろん偶然なワケはないが、俺はリュックから漫画を取りだしてパラパラとめくった。

「ごめん、俺、キモイ？　東條隼って人が描いてるんだけど、けっこう昔から好きでさ。知ってる？　男に人気の漫画家なんだけど、最近けっこう女の子の間でも流行ってきてるみたいだよ」

「へえー、そうなんだー。そんなに面白いならあかりも読んでみよっかなあ？」

「今二巻まで持ってるから、よかったら貸そうか？　てかプレゼントするよ」

「えー、それは悪いよー」

特に悪びれる様子もなく、あかりは口先だけの遠慮を口にした。

「もし気に入ったら続きも貸してあげるよ」

「えー、いいのー？」

俺の仕事はこの漫画を最後まで読んでもらうことではない。

「もちろん。おすすめだから、ぜひ読んでみて」

「うん。ありがとー」

よし、ご機嫌だな。それじゃあ、あともう一押しだ。

「男って案外単純だからさ、共通の話題がある子には親近感覚えたりするんだよね」

あかりが「え？」と俺を見た。

「たとえば、好きな漫画が同じとか」

俺はあかりにニヤリと笑ってみせた。

「えー、どういう意味？」

「絢翔くんと、会話弾むんじゃないかなあ」

これであかりは間違いなくインスタで紹介してくれる。恐らく一ページも読まなくたって、紹介してくれる。

「えー、別に絢翔くんはどうでもいいんだけどー」

あかりははにかみながらストローをクルクルと回した。

俺はもちろん知っている。彼女が絢翔の投稿に毎回欠かさず『いいね』していることを。共通の話題を欲しがっていることを。

「あーでも、やっぱ貸すのやーめた」

「えっ！　なんで？」

あかりが目を丸くした。

「だって、あかりが絢翔くんとばっか仲良くなったら、なんかシャクじゃん」

とたんにあかりの顔がほころんだ。今日一番の笑顔だ。

「いいよー、じゃあ自分で買うからー」

「ええー、やっぱ教えるんじゃなかったかなあ」

「なにそれー。ヤキモチみたい」

「そうかもー」

「もー、ウソばっかり」

あー、ラクだ。こうやってチャラついた会話をしてたら仕事になる。天職かもな。

「ウソ、二巻まであげるよ。ちゃんと絢翔くんと仲良くなれるよう協力する。だってせっかくこうやって友達になれたんだし。俺もこうやってカフェとか一緒に行ける友達が欲しいし」

「へへ、ありがとー」

言葉尻にハートマークが透けて見えた。

これで九割方成功だが、最後の最後までフォローは忘れない。

「でも、もし俺のほうに興味がわいたら、すぐ教えてね。いつでも受け止めるから！」

アホみたいに両手を開いてみせた。

自分に興味はあって優しくしてくれるけど、恋愛には協力してくれる安全な男。

最高の〝ともだち〟だろ？

「もー、ほんとバカ」

あかりは心から楽しそうに笑った後、こう付け加えた。

「たっくんて面白いね。紹介してもらって、よかったかも」

ありがとう。よく言われるよ。

「うわー、そんな嬉しいこと言われたの、初めてかもー」

嘘はついていないよ。あくまで〝かも〟だから。

「じゃあ、そろそろいこっか」

俺の言葉に、あかりは元気よく「うん！」と立ち上がった。

当然、俺が支払いをして店を出ると、あかりが俺を見つめてニッコリ笑った。

「今日は、ありがとね」

「こちらこそ、付き合ってくれてありがと。すげえ楽しかった」

俺も今日一番の心からの笑顔を返した。これで、俺の仕事は一つ終わった。

翌日、経過報告の電話をかけた。

「あ、ミヤビさん？　道野辺さんは？　あ、外出中かあ。じゃ、TORN&TONEの件、順調って伝えといてください。うん、昨日鐘崎あかりに渡したから。たぶん近々インスタに上げると思うっす。チェケラよろしくっすー。あっ、じゃそゆことで」

バックヤードにオウムさんが入ってきて、俺は慌てて電話を切った。

「おはようございます」

相変わらずぼそぼそと覇気のない声。精気のない顔。死んだ目。

「はよーっす。相変わらず、早いっすねー」

オウムさんはそれには応えず、連絡ノートに目を通すと、ささっと制服を羽織って表へ出ていった。いつも通り、シフトの入り時間きっかり十五分前。

「真面目か……」

俺は連絡ノートを開けた。オウムさんの几帳面《きちようめん》な文字だけが並んでいる。店長すらほとんど見やしないこの連絡ノートを一人書き続ける、マジメなオウムさん。良い大学を出て、良い企業に就職して、なぜか今は死んだ目をして、毎日のようにこの店にいる、変なオウムさん。一体どんな業を背負っていることやら。

「あ、拓おつかれ」

上がり時間より十分も早く愛莉奈がバックヤードに戻ってきた。

「おー、今日は晴れてよかったな」

「まあね。着替えるから早く出てってよ」

なんだ、せっかくの花火大会なのに今日はご機嫌斜めか。

「はいはーい」

俺は溜息まじりにバックヤードを後にした。

「っしゃいませー」

カウンターに入ると、レジを合わせている最中のオウムさんが青い顔をしていた。

「どうかしたんすか？」

「いや……」

消え入りそうな声だった。

「体調悪いとか？」

「いや……」

大の大人が今にも泣きだしそうな顔だった。

「金、合わねーっすか？」

オウムさんの、万札を数えている手がびくっと反応した。そして、真っ青な顔のまま、彼は小さく頷いた。

「いくらっすか？」

「……一万円」

今にも消え入りそうな声で、彼は呟いた。

「あー」

またか。くっそだるい。最近ちょこちょこあったけど、今日は金額がデカい。

それにしても、なんで十五分前にレジに入ったばかりのオウムさんがこんなに切迫しているのか。何かミスったのか？　でもこの人に限って、大きなミスするなんてなさそうだけど。

「一応、聞くんすけど、心当たりとかあります？」

オウムさんは青白い顔のまま黙って首を横に振った。

「っすよねー。じゃあ申し訳ないんすけど、ちょっと店頼みますね」

オウムさんは驚いた顔でこちらを見た。

「え？　なんすか？」

「いや……」

「じゃ、俺ちょっとはずしますよ？」

「うん、わかった」

オウムさんは、いくらか精気の戻った目で頷いた。

「入るよー」

「はーい」

俺がバックヤードに入ると、着飾った愛莉奈がそそくさと出ていこうとした。

「あ、悪い、ちょっと待って」

「え、何？　急いでんだけど」

心の底から面倒くさい気持ちが湧きあがった。俺は単刀直入に尋ねた。

「レジの金がちょうど一万合わないんだけど、なんか心当たりない？」

愛莉奈は眉間に皺を寄せた。

「は？　知らないし」

「でもレジ入ってたの愛莉奈でしょ？」

「だから、知らないって」

愛莉奈は明らかに苛《いら》ついた様子で答えた。確信した。コイツは知っている。ミスをしたのか、それとも盗《と》ったのか。ミスであって欲しいが、恐らく後者だろう。わざとでないのならもう少し驚いたり、焦ったり、思い出そうとする素振りが見られるはずだ。

「ここ防犯カメラついてるの、知ってるよね？」

「なにそれ。脅し？」

どうして脅しになるのか。それはもはや自白だということにすら気づいていない。

「いや、歴然とした事実。俺はお前のこと友達だと思ってるから言ってる。今なら俺まで押さえられる。店長まで話がいくとややこしいことになる」

愛莉奈の口がグッとへの字に歪《ゆが》んだ。

「……わかるだろ？」

愛莉奈の顔を覗くと、愛莉奈は明らかに俺から目を逸らせた。

「……ったわよ……」

口の中だけで呟くように言うと、愛莉奈は言葉を吐きだした。

「いいわよ、払えばいいんでしょ！　私のミスだもんね！　払ってあげる！」

ミスならまだいいんだよ、ミスなら。何で半泣きなんだよ。こっちだよ、泣きたいのは。面倒くせえことしやがって。

「こないだは千円。その前は五百円。それで終われば見逃してやったのに。さすがに一万はやりすぎ」

俺としては珍しく、苛立《いらだ》ちが隠せなかった。次の瞬間、飛んできた右手がバシッと豪快な音を立てて俺の頬を打った。わざと避けなかった。

「サイテー！」

どっちがだよ。

「もう無理。辞める。友達だと思ってたのに！」

愛莉奈が走って出ていこうとした。俺はその腕を掴んだ。

「待って！」

振り返った愛莉奈の瞳には、涙に混じって何やら期待の色が見えた。

「ごめん、待って」

愛莉奈の口元が微《かす》かに歪んだ。してやったりってか。笑ってんじゃねえよ。

「ごめん、愛莉奈」

ああ——面倒くさいことは大嫌いなのに。もう、限界だ。

「帰る前に、一万千五百円、耳揃えてここに置いていけ。んで、もう二度とくるな」

愛莉奈が目を見開いた。恐怖の色が滲んだ。ごめんな、今まで見たことのない顔してるだろ？　でも悪いけど、今の顔が本当の俺なんだ。

「嫌なら店長に報告後、親に連絡する。防犯カメラの映像も保存してある」

逃げきれないと悟った愛莉奈は、目から滝のように涙を溢《あふ》れさせ、床にペタリと座り込んだ。あーあ、せっかく気合いを入れて着替えた服が台無しだ。

「ごめんなさ……でも、違うの……お願い……話を聞いて……」

「なに？」

俺はしゃがみ込んで、ぼろぼろと涙を零《こぼ》す愛莉奈と視線を合わせ、優しく微笑んだ。

「病気の兄弟でもいる？　両親が事故にあった？　それともおまえ自身が不治の病にでも侵されてんのか？」

愛莉奈は目を見開いて茫然と俺を見た。話を聞いてと言ったわりには、言葉を発しようという気配はなかった。

「今、持ってる？　千五百円。一万円は当然あるんでしょ？」

愛莉奈は小刻みに肩を震わせながら、コクリと頷いた。

「あ、五百円玉なかったらお釣りあげるよ」

「……らない」

「え？　なに？」

「いらない！」

愛莉奈はよろよろと立ち上がった。

そして財布から取りだした一万二千円を床に叩きつけた。

「あーあー、ダメだよ。お金を粗末にしちゃ」

俺は床から札を拾い上げ、立ち去ろうとする愛莉奈の手を再び掴んだ。

「なにするのよ！」

金切声《かなきりごえ》をあげる愛莉奈の手に、五百円玉を握らせ、にっこり笑った。

「はい、お釣り」

愛莉奈は顔を歪めて俺の手を振り払った。

「あ、お給料は今日の分までちゃんと振り込むから安心してねー」

俺の声に、愛莉奈は鬼のような形相で振り返った。

「あんた……何なの……気持ち悪い！」

そう捨《す》て台詞《ぜりふ》を残して愛莉奈は去った。


「すんません、お待たせしちゃいましたー」

店内では相変わらず覇気のない顔のオウムさんが、一人でワタワタと仕事をしていた。

「店、何事もなかったっすか？」

「うん、大丈夫」

「こっちも問題は解決しましたんで。ご安心を」

レジに一万円札を入れた俺を、オウムさんはまた少し怪訝《けげん》そうな顔でじっと見た。

その日はオウムさんが先に上がるシフトだったので、時間になって声をかけた。

「あ、もう時間だから上がってくださいね。おつかれっしたー」

すると、いつもはさっさと帰ってしまうオウムさんが、珍しく話しかけてきた。

「あのさ……」

「なんすか？」

「さっきさ……どうして、俺のこと疑わなかったの？」

「え？」

「金、合わなかったのに……」

「え？ 逆にどこに疑う要素があるんすか？」

オウムさんは、まるでオウムみたいにまん丸な目で俺を見た。

「いや……それならいいんだけど」

「あ、そうだ。今日のことなんすけど……」

「言わないよ。誰にも」

意外な反応だった。真面目なオウムさんは店長に報告すべきと言うかと思った。

「じゃ、そーゆーことでおなしゃーす」

オウムさんは「うん」と頷き、バックヤードに入っていった。

少ししてオウムさんは出てきた。そして珍しく炭酸飲料をレジへ持ってきた。俺がレジを打つとオウムさんは金を払い、その炭酸飲料を俺に差しだした。

「よかったら」

「え？」

「今日は、大変だっただろうから。お疲れさま」

俺は戸惑いながらも、その差しだされたサイダーを受け取った。

「……もしかして、店内まで聞こえちゃってました？」

「いや、でも坂垣さんが泣きながら走って出ていったから……」

「あー……なるほど」

「俺は、たぶんこういうことが解決できないから。……単純に、すごいと思うよ」

思いもよらず、嬉しい言葉だった。柄にもなく気恥ずかしくなった。

「あ、そうだ。坂垣さん辞めちゃったから、その分もちょっとシフト入ってもらったりできません？」

「いいよ。俺はたくさん働けたほうがありがたいし」

「じゃあ、店長に確認してまた連絡行くと思うんで」

「さっき裏でシフト確認したら、明日の朝、坂垣さん入ってたよ。俺、一応空けとくね」

オウムさんは「それじゃ」と踵《きびす》を返《かえ》した。

「オ、田中……、修司さん」

振り返ったオウムさんが、ほんの少し笑みを浮かべた。

「何でフルネーム？　てか、よく俺の名前覚えてたね」

「そりゃ覚えてますよ。俺を誰だと思ってるんすか」

「いや、誰だよ」

「俺の名前知ってます？」

「佐々木《ささき》……拓だろ？」

「おお、さすが。じゃあ、修司さんも俺のこと拓って呼んでいいっすよ」

「何それ」

修司さんは苦笑いを浮かべ再び背を向けた。俺は修司さんの背中に声をかけた。

「修司さんって、マジメっすよね」

足を止めた修司さんは振り返って、呆れたように言った。

「拓が不真面目すぎんだよ」

俺は嬉しくなって尋ねた。

「今日は花火、見に行かなくてよかったんすか？」

「行かないよ。疲れに行くようなもんだし。俺がもっと慣れてたら今日拓に入ってもらわなくても大丈夫だったんだけど……まだ拓の代わりにはなれないから、ごめん。花火、行きたかったよな」

「俺も行かねーっすよ。疲れに行くようなもんだし」

「へえ」

修司さんは意外そうな顔を見せた。

「そういうの好きなタイプかと思ってた」

「そうでもないっすよ」

俺はペットボトルを掲げるとニヤリと笑った。

「これ、あざーっす」

彼は少し照れくさそうに、ほんの少しだけ口の端を上げた。

このマジメな男との付き合いは、思ったよりも長いものとなった。

＊＊＊

メロディと共に自動ドアが開いた。

「いらっしゃいませー」

「おまえさー」

修司さんが苦々しい顔でツカツカと歩いてきた。

「どうしたんすかー？」

「帰国したなら一言教えろよ」

「あれー？　ミヤビさんか道野辺さんから聞いてるかと思ってー」

「いや、聞いたよ。聞いたけど、拓からは聞いてないじゃん。拓から聞かないと訳けないだろ、土産話的なものとか」

「あーちょっと何言ってるかわかんねーっす」

修司さんは呆れたように「おまえは……」と言った後、ちょっと笑った。

「で、どうだったの？　アメリカは」

「色々といい刺激が貰えましたよ。やっぱ世界は広いっすね」

俺もちょっと笑い返した。

「じゃあ会場に向かいがてら、土産話でも聞かせてもらおうかな」

「そうしたいのは山々なんすけどね」

俺が周囲に視線をやると、修司さんも俺の視線を追った。

「あれ？　そういや、拓一人？　裏にいるの？」

店内の様子をキョロキョロと見ながら、修司さんが言った。

「昨日一人バイト飛んだんスよ」

俺は苦笑いを見せた。

「うわあ。タイミングわる」

修司さんも同じように眉を寄せた。

「お陰様で、さっきまでてんてこまいでした」

俺はグイッと伸びをして肩を回した。

「裏でドリンクの補充くらいなら手伝えるよ」

修司さんがバックヤードを指した。

「いいっすよ。俺、今日はもう無理なんで、先に行っちゃってください」

修司さんはハハッと笑うと「別にいいよ。どうしても行きたいわけじゃないし」と言った。

「やっぱどう考えても、ミヤビだって家族水入らずのほうがいいだろ。俺はただミヤビと佐和野さんの娘を見てみたかっただけだから」

「あーめちゃくちゃ可愛いっすよ。物理的にも」

「今度写真見せてもらお。アイツ全然見せてくれないんだよ。なんでだろ、俺なんか警戒されてる？」

「さあーなんすかねえ」

「とりあえず、今日行けなくなったって連絡しとく」

修司さんがスマホを取りだした。

「やっぱ行ってくださいよ。せっかくの花火大会っすよ？」

「まあ、疲れに行くようなもんだからね」

「確かに、疲れに行くようなもんすね」

四年前と同じセリフに、俺たちは目を合わせニヤッと笑った。

修司さんはその後、バックヤードでドリンクの補充を手伝ってくれた。しばらくすると、それを終えた修司さんが、サイダーを二本手にレジへとやって来た。

「はい、差し入れ」

修司さんがレジを通したサイダーを手渡してくれた。まるであの日と同じだった。

「あれ？　カウンターで飲んでいいんスか？」

「もう誰もいないし、今日くらいは特別ってことで。お疲れさま」

「おつかれっす」

カウンターを挟んで、修司さんとペットボトルをゴチンと合わせ。遠くでドーンと花火の上がる音がした。

STAGE 7
終食活動

その日の業務は早く終わった。俺は帰り支度を整えて、ミヤビに言づけた。

「明日は午後から来るよ」

「見舞いッスよね？」

ミヤビは柔らかく微笑んで言った。

俺が「うん」と答えると、ミヤビは鞄の中から何やら包みを取り出した。

「これ、うちの奥さんから。よろしくお伝えください」

手渡されたのは、手作りのパウンドケーキだった。

「わあ、ありがとう！　買わなきゃと思ってたんだ。きっと喜ぶよ」

開け放されていた事務所の窓から秋めいた風が室内へと吹き抜けた。

「もうすっかり涼しくなったよね」

「季節が巡るのは早いッスねえ」

ミヤビが少ししんみりと呟いた。

「本当に、そうだよね」

季節はあっという間に巡る。夏の名残を感じる湿気た空気はもうすっかり乾いた空気へと変化していた。

「明日は晴れみたいッスよ」

ミヤビはひんやりとした秋風を顔に受け、目を細めた。

梅原《うめはら》さんと出会ったのは、まだ夏の名残を強く感じる、蒸し暑く湿気た夜だった。早めに仕事を終えた俺は、冷たいビールを求め、馴染《なじ》みの中華料理屋へと向かった。カウンターに座り、ビールを喉へ流し込んだ。

「あー、生き返る」

独り言にしては大きめの声で呟いた俺に、隣の男性が話しかけてきた。

「仕事終わりの一杯は格別でしょう」

彼は道野辺さんよりも幾分か年上に見えた。七十は過ぎているだろうか。身体《からだ》は細く、しかし肌は浅黒く日焼けしており健康そうに見えた。

「はい。今日は特に暑かったので」

俺は少々恐縮しつつ答えた。

「羨ましいねえ」

そう言うと彼はザーサイをつまみに、紹興酒だろうか、グラスに入った琥珀《こはく》色の液体をちびりと舐《な》めた。そして俺に向き直り、こう続けた。

すめです」

「あなたはここの常連？」

「まあ、常連というほどではないかもしれませんが、何度か」

「あなたのおすすめがあったら教えてもらえませんか？」

「ええと、この前食べて美味しかったのは、餃子《ぎょうざ》と酢豚。あ、エビチリと煮豚もおすすめです」

彼は目尻を下げて「いいねえ」と穏やかに笑った。そして店員さんへ「すみません、煮豚ください」と告げた。

彼はそれ以上話しかけてくることなく、チビリチビリとうまそうに酒を飲んでいた。ほどなくして、俺の頼んだエビチリとチャーハン、そして彼の頼んだ煮豚が運ばれてきた。彼はおもむろに煮豚の皿を俺のほうへ押した。

「よかったら、半分貰ってやってください」

「え、でも……」

俺が遠慮を見せると、彼は続けて「この年になると、たくさん食べられないもので」と眉尻を少し下げた。なんだか寂しそうに見えた。そういえば、道野辺さんも「年をとると食べる量が減って」とよく言っていた。

俺は「そういうことなら、ありがたくいただきます」と、煮豚を二枚、自分のチャーハン皿の横に載せた。

「ありがとう」

そう言ってくれたのは彼だった。

「いえ、こちらこそ」

俺が礼を言い終わらぬうちに、彼は重ねて言った。

「あなた若いからまだ食べられるでしょう？　遠慮せずとも、もう二、三枚」

俺は少し躊躇《ちゅうちょ》したが、結局手を伸ばした。

「ありがとうございます。では、遠慮なく。あ、よければこのエビチリも少しいかがですか？」

俺はまだ湯気を立てているエビチリの皿をぐいっと彼のほうに押した。

「ええ？　いいんですか？　嬉しいなあ。では一つだけ」

彼はそう言って、箸立てから新しい箸を取り出し、エビチリを一つ摘《つま》むとそのまま口へ運んだ。

「お、これはいい。ピリッと甘辛くてエビの弾力が素晴らしい」

まるでテレビのグルメリポーターのようで、思わず笑いが漏れた。

「よかったら、もう一つどうぞ」

「いやいや、一つで充分です。若い人の食い物を年寄りが奪っちゃならない。ありがとう」

彼はそう言うと、俺に半分さらわれた煮豚の皿を手前に引き寄せ、箸をつけた。

「おお、これはまたなんと柔らかい。家ではとても食べられない味だ」

そしてくるりと俺の方を向き「教えてくれてありがとう」と目尻を大きく下げた。

その後、彼はそれ以上話しかけてくることなく、黙って煮豚をあてに酒を飲んでいた。俺も腹が減っていたので、特に話しかけることもせず自分のエビチリとチャーハンに集中した。

しばらくすると彼は手帳を開け、それに何かを書きはじめた。なんとなくその動作に目を配ると、俺の視線に気づいたのか、彼が顔を上げ振り向いた。

「わたしね、終食活動をしているんです」

「えっ、就職活動ですか？」

「終、食、活動」

彼はふふふと笑うと、カウンターの銀ケースに入った紙ナフキンを一枚引き抜いた。

そう言いながら彼は紙ナフキンの上に美しい文字を書いた。

「最近は、年寄りの終活なんてのが流行ってるんでしょう？　わたしもね、もう充分にそんな年だから。でもただ終わるだけの準備では、なんだか、もの悲しいでしょう？　だから、わたしは食べられるうちに食べたいものを食べる終活を始めたんです」

彼は「ほら」と手帳を俺の前に開けた。そこには店の名前と食べたもの、日付、味の感想などが細かく書かれていた。

「家に帰ってね、寝る前にこれを見返すんです。今日はこんなもの食ったなあ、今までこんなもの食ったなあって。楽しいよ。まだまだ楽しく生きてると思える」

「なるほど。それ、すごくいいですね」

「人生には年に応じた食い方ってのがあってね。子供のうちは好き嫌いせず食べる。青年のうちは精のつくものを食べる。中年になったら節制して食べる。老人になったら医者の言う通りに食べる。そして終わりが近づいたら、食いたいものを楽しんで食べる。自分の体が自分の意志で動くうちに、悔いのないように。わたしはいまその段階にいてね。でも一つ問題があって、胃袋はもう年寄りだから大きな一皿は食いきれない。だから、今日はとても助かりました。ありがとう」

彼の手帳は端々擦り切れて、ところどころにシミがついていた。

「あの、もしよかったら餃子も食べませんか？　半分こして」

俺の提案に、彼は一瞬驚いた顔をして、そして次の瞬間、大きく目尻を下げた。

「本当は、餃子も頼もうかと迷ってたんですよ」

彼はまるで子供のような笑顔を見せた。

それから俺は、何度かその中華料理店で梅原さんと食事を共にした。

三度目に会ったとき、少し仕事の話をした。そこで俺は初めて梅原さんに名刺を手渡した。


その翌日のことだった。

コンコンと事務所の扉がノックされた。

扉に向かったのは俺だった。重厚な扉に手をかけ、それを引くとギギーッと音を立てて開いた扉の向こうに、梅原さんがシャンと背筋を伸ばして立っていた。

「本日はどうぞ、よろしくお願い申し上げます」

どっかとソファに座って深々と頭を下げたのは、依頼者の梅原兼三《けんぞう》さん。御年七十歳。彼の年齢はこのとき初めて知った。

「担当させていただきます田中修司と申します。よろしくお願いします」

俺が笑顔を見せると、梅原さんも少々悪戯っぽく微笑んだ。

「それで、早速ですが今回のご依頼とは？」

「はい。実は修司さんに名刺をいただいた後、インターネットで御社のことを少し拝見しましてね」

このお年でインターネットとは。素晴らしいな。

「ありがとうございます」

「それで、なにやら御社はヒーローを製作していらっしゃると」

「はい、その通りです」

「それでね、ご無理を承知でお願い申したいのですが……」

「はい、なんなりと」

「私を、その、ヒーローとやらに、していただけませんでしょうかね」

「もちろんです！　弊社が責任をもって、梅原さまをヒーローにさせていただきます」

梅原さんはとても嬉しそうにニッコリと笑った。

「それでは、もう少々詳しいお話を伺いたいのですが、梅原さまがイメージされるヒーローとは、どのようなものでしょうか」

「いえね、私はそういったものに詳しくはないもので……このたびこちらに参るに当たって自分なりに調べてみたのですがね。これを……」

梅原さんはそう言って鞄からなにやらゴソゴソと取り出した。

「こういうものですかね……今のヒーローとやらは」

一枚の紙がテーブル上に置かれた。

「はい……ええと……」

そこには現在放送中の戦隊ヒーローがプリントされていた。

「やはり、王道は赤かね。レッド、というやつですね。いや、お恥ずかしい」

俺はそのプリントを凝視しながら、意図を読み取ろうと努力した。梅原さんは照れくさそうな笑顔を見せながら続けた。

「それともやはり、男の子にはブルーの方が人気なのかねえ」

「梅原さん、あの……」

「あ、一日で結構ですよ。こういったものは時間制ですかな。できれば二時間ほど……私はそれほど背が高くないので、サイズが合うといいんですけど」

「梅原さん」

「それとも、やはりこんな年では無理があるのでしょうか」

「そんなことはありません」

「それはよかった」

「梅原さん、ひょっとしてお孫さんに見せられるのですか？」

「はい、その通りで。恥ずかしいね」

「了承しました。わたくしどもにお任せください」

それを聞いた梅原さんは、見ているこちらが嬉しくなるほど心から嬉しそうに笑った。

一時間後、梅原さんを見送り、やれやれと振り返るとミヤビと道野辺さんが顔を見合わせていた。

「リアルヒーロー依頼きちゃったッスねー」

「まあ、今までなかったのが不思議なくらいだよね」

「えっ、あるッスよ？」

「そうなの⁉」

「修司さんがたまたま受け持たなかっただけで。案外あるッス。ねえ、道野辺さん」

「はい。広告を見ただけではそう捉える方も多いですからね」

「確かに〝ヒーローになりたい人お手伝いします〟とかだもんね。これって、受けても大丈夫なんですよね？」

「もちろん、何の問題もございません」

「何の問題もないッス」

「よかったあ。ええと、じゃあこの戦隊スーツをどこかで……」

俺は梅原さんが持ってきてくれたチラシを手にパソコンへ向かった。

「ただし修司くん、実在するそのヒーローと全く同じものはできませんよ」

道野辺さんが俺の肩にポンと手を置いて言った。

「えっ、そうなんですか⁉」

「著作権など諸々《もろもろ》の問題が発生いたしますので。ですが、オリジナルヒーローでしたら問題ありません」

オリジナルヒーローか……。

「それでも大丈夫かなあ。お孫さんが知ってるヒーローがいいんじゃないかなあ」

「その辺りは修司くんが、梅原さまがご納得される素晴らしい台本をお書きになればいいのですよ。ご自身がヒーローになってお孫さんの前に現れるには、ストーリーが必要ですからね」

「脚本なんて、できるかな」

「梅原さまとお孫さんのために、素晴らしいヒーローを作って差し上げてください」

道野辺さんの微笑みは慈愛に満ちていた。

数日後、俺は再び梅原さんと会っていた。エレベーターのない事務所ではつらいだろうと、場所はいつも利用させてもらっている近くの喫茶店にした。

「あの、梅原さん。一つ提案なのですが、ヒーローはプロの役者さんに頼むというのはいかがでしょう」

「それでは、わたしは?」

「梅原さんは、そのヒーローと友達という設定で、お孫さんのために呼んであげるというのはいかがですか? プロの方ならちょっとしたアクションなどもできるでしょうし、ヒーローを呼べる梅原さんもきっとお孫さんに尊敬されます」

「でも……それでは……」

「子供は純粋ですから、ヒーローの激しい動きを求められたりするかもしれない。お見受けする限り、梅原さんは七階まで階段を上がれるくらいお元気ですが、万が一にも怪我《けが》をしてしまってはいけませんし。それに、梅原さんとお孫さんとヒーローの三人で一緒に写真を撮ることもできますよ」

「ですが……」

梅原さんの反応は悪かった。

「それか、もう一つ代案としましては、ヒーローの中が実は梅原さんだった、ということもできます。それなら最後だけ役者さんとヒーロースーツを着替えるような形で、梅原さんが最後にフェイスマスクを取って見せるというのも……」

「いえ、わたしの顔は決して出しません。ヒーローとはそういうものでしょう？」

「でも、それでは梅原さんとヒーローの関係性がお孫さんに伝わりにくいかと」

「いいんです。わたしは別に、わたし自身が孫に尊敬されたいわけではないのです。ただ、わたし自身がヒーローとなって、孫と触れ合いたいだけなのです」

梅原さんは真剣な表情で言った。

「ですが……」

「どうか、お願いいたします」

そう言うと、梅原さんは深く頭を下げた。

「わかりました！　では、それでいきましょう。動きに関しては、それほど激しくならないような台本を考えます」

「ありがとう、修司さん。でもね、わたし実は昔すこぅしだけ演劇をかじったことがありましてね。なんとかやってみますよ」

梅原さんはニッコリ笑った。

「演劇を。それは心強い情報です。では早速、肝心のスーツを決めましょう。この中にお好みのものがあるといいのですが」

俺はレンタルできるアクタースーツのプリントアウトを見せた。

「もしどうしてもお好みのものがなければ、少し時間はかかりますが作ることもできますよ。費用はかさみますが……」

梅原さんはささっと眼鏡をかけるとプリントを掲げるように持ち、相好を崩した。

「これは……ほう……素晴らしいね」

眼鏡の奥で瞳を輝かせているその様は、まるで憧れの戦隊ヒーローに出会ったときの子供のようだった。

「お孫さんは何色が一番お好きなんですか？」

「そうですね……それを調べなくては。これ、持ち帰ってもよろしいかな？」

調べる……？　その言い方が少し気になったが、俺は「はい、もちろんです」と返事をした。

「そうだ、肝心の日程はいかがでしょう？　先日はまだ調整中とおっしゃっていましたが、決まりそうですか？」

梅原さんの顔に曇りがかかった。

「そうですね……その、タイミングがなかなか難しくて……。日にちはね、もう決まったんですがね」

「いつでしょう？」

「十月三日です。孫の誕生日なんです」

「なるほど！　それは素敵なプレゼントになりますね」

梅原さんが期待のこもった目で俺を見た。

「そうなりますかね……？」

「きっと、一生忘れられない誕生日になりますよ」

俺が笑顔を見せると、梅原さんも少し不安気なままの笑みを零した。

その次に梅原さんと会ったのは、一週間後、本社の会議室だった。梅原さんがレンタルを希望したスーツを実際に見てもらって試着をした。梅原さんはやはり子供のような笑顔でレッドのアクタースーツに袖を通した。

「着心地はいかがでしょう？」「ああ、良さそうですね！」

「では梅原さんのご希望通り、このスーツを元に改造をほどこしてオリジナルを作り上げます。着てみて気になる点はありますか？ 一緒に細かいサイズ感なども調整できますからね」

「サイズはもう、完璧です」

梅原さんは七十歳とは思えない身のこなしで、飛び跳ねるように何度か足を交差し、さらにシュシュシュッとパンチをしてみせた。

「流れとしては、ヒーローが駐車場で泰星《たいせい》くんと出会い、探し物を一緒にしてくれないかと声をかけ、泰星くんに手伝ってもらう。そして誕生日だということを聞きだし、探し物を手伝ってくれたお礼にと、自分が身に着けていたヒーローウォッチを外し、それをプレゼントして誕生日を祝い、立ち去る。このような感じで考えています」

「はい、大丈夫です。時計まで作ってもらえるなんて、ありがたいことこの上ない」

梅原さんは目を細めて手元の腕時計をさすった。

「今はまだ市販のヒーローウォッチですが、これを改造してスーツとお揃いのかっこいいオリジナルにしますんで、楽しみにしていてください」

梅原さんはよく通る声で「はい！」と力強く頷いた。

「では一旦スーツを脱いでから、あちらで細かな打ち合わせを……」

俺が促すと、梅原さんは気恥ずかしそうに「このままでは駄目でしょうか」と呟いた。

「少しでも体になじませて慣れておいたほうが、いいような気がして……」

その様子が微笑ましく、俺はそのまま梅原さんと打ち合わせを続けた。

二人でソファに座ると、俺は最終確認を開始した。

「日時は、泰星くんの五歳のお誕生日である十月三日の十九時でお間違いないですよね？」

「はい、間違いありません。その日、泰星は十七時から十九時までファミリーレストランのバースデープランを予約しておりますので、その帰りに駐車場に現れます」

「そのレストランでのパーティーには、本当に参加されなくてよろしいのですか？」

最初、梅原さんがパーティーには参加しないと聞いたときには驚いた。

「はい、もう参加できないと伝えてあります。途中で抜けるわけにもいきませんので」

「それならやっぱり、レストランに入る前にヒーローが現れて、梅原さんは少し遅れて参加するのは……」

なんとか参加できる案を押したかったが、梅原さんはかぶりを振った。

「いいえ、予約の時間もありますから。それにヒーローは最後に登場したほうが盛り上がります」

「このこと、泰星くんのご両親はご存じなんですよね？　それならレストランを出るときに少しだけ時間を稼いでもらって、梅原さんは外に待たせた車で素早く着替えるとか」

「実は、泰星の両親には知らせておりません。サプライズというやつを一度やってみたいんです」

これには俺も「えっ」と声を上げた。

「いやでもせめてご両親には知らせたほうが、何かと協力もあおげますし……。ええと失礼ですが、泰星くんのお父さんが梅原さんの……」

「泰星の父親が、私の息子です」

「でしたよね。せめて息子さんにだけでも話しておかれたたらいかがですか？」

しかしやはり梅原さんの首は縦に動かなかった。

「いいえ、息子は私のことをいつも年寄り扱いしますので。修司さんにも最初ご心配いただいたように、危ないからやめろと怒られてしまいます。息子は頑固なもので、一度反対したらテコでも動きません。ですので、これは私一人の計画なのです。息子にタネ明かしをするのは、全てが終わってからでも遅くありません」

梅原さんは表情を硬くした。

「僕としては成功させるためにも、事前に伝えることを強くお勧めしますが……」

梅原さんは意志の強い瞳でじっと俺を見据えていた。

「どうしても、言いたくないですか？」

梅原さんはようやくコクリと頷いた。

「どうしても、です」

依頼人の意にそぐわないことを無理強いするわけにはいかない。俺も頷くしかなかった。

「そうですか。……わかりました。ではこちらでも不測の事態に備えて万全の準備をしてまいります」

「どうか、よろしくお願いします……！」

ヒーロースーツに身を包んだままの梅原さんが、深々と頭を下げた。

梅原さんとの打ち合わせが終わり、本社の三十階にある食堂で日替わりのメンチカツ定食を食べていると、後ろからミヤビの声がした。

「どうッスか？　梅原のじいちゃんの様子は」

天丼と納豆と味噌汁《みそしる》の載ったトレーをテーブルに置くと、ミヤビは俺の隣に座って「いただきます」と手を合わせた。

「うん……まあ、順調なんだけど……」

「その割には浮かない顔ッスね」

そんな俺を尻目に、ミヤビは味噌汁の中に納豆を入れた。

「いやなんだか腑に落ちなくて。どうして梅原さんは誕生パーティーに参加しないのか、息子さんに協力をあおがないのか、どうして頑《かたく》なに自分の正体を明かさないと決めているのか。ヒーローは正体を現さないってのはわかるけど、さすがに不自然だよ」

「孫のためってのはいわば口実で、梅原さん自身が一度ヒーローになってみたかった、とかッスかねえ。昔は役者目指してたんでしょ？　自分の夢を叶えたい的な？」

納豆入りの味噌汁をズズッとすすり、ミヤビは満足気に「はあ」と息を吐いた。

「そうなのかなあ。なんか、大事なことを隠してるような気がするんだよねえ……」

「それは大問題ッスね。隠し事がある状態では不測の事態に備えられないッスよ。そもそも信頼関係だって築けないじゃないッスか」

「だよねえ……」

「依頼をこなす上で一番大事なのは、互いの信頼ッスよ」

「だよねえ……」

「そういうの、修司さん得意じゃないッスか」

ミヤビが珍しく俺の肩をポンと叩いた。

「ハイ修司さん、信頼を得るには、まず？」

「話を聞かないとね」

ミヤビは俺を見てニヤッと笑った。

「ところでそれ、うまいの？」

俺はすっかり空になった、ミヤビの前にある味噌汁の椀《わん》を見て言った。


翌日、俺は梅原さんをいつもの中華料理屋に誘った。

約束の時刻、店に入ると梅原さんは先にテーブルに座りいつものザーサイをつまみに一杯やっていた。

「お待たせしちゃいましたか？」

俺が梅原さんの正面に座ると、彼は「いやいや、楽しかったよ」と目尻を下げた。

「この店に来て初めてテーブル席に座った。この年になると人を待ってる時間も楽しいんだ。約束があるってことだから。待ってると人が来るってのはすごくいい」

しみじみとそう言った梅原さんの目はとても優しかった。

とりあえず注文した生ビールが届くと、梅原さんと初めてグラスを合わせ、冷えたビールを一気に喉に流し込んだ。

「あーうまい。あ、ザーサイ、貰ってもいいですか？　実はいつも食べてらっしゃるの、ずっと気になってたんですよね」

「ああ、もちろん」

俺は「いただきます」と手を伸ばした。

「これはいいよ。酒のあてになるし、腹に溜まらないし、味が濃くて体に悪いものを食べている気になれる」

「悪いものをですか」

俺は笑いながらザーサイを口に運んだ。コリッと良い歯ごたえがした。

「うん、うまい。確かに濃い。それに香りがよくてビールにも合いますね」

梅原さんは黙ってニッコリ微笑んだ。

「じゃあ早速ですが、注文しましょうか。今日は昼めしを軽めにしてきたんで、腹減っちゃって。何か気になるメニューはありますか？」

「わたしは何でも気になるよ。好きに頼みなさい。なんたって今日は割り勘だ」

そう言いながら梅原さんは、俺にメニューを手渡した。

「では、せっかくだから食べたことないものにしましょう。ええと、油淋鶏《ユーリンチー》とかどうですか？　鶏《とり》のから揚《あ》げにタレが絡んだやつ。それかスペアリブとか……あといつも炒飯《チャーハン》だから麺も気になってて……餡《あん》かけ焼きそばいいな。ああ、春巻きもうまそう。揚げ物多すぎかな。あっさり棒棒鶏《バンバンジー》なんかでも……」

独り言のようになってしまった俺の言葉に、梅原さんはひたすらニコニコしながら「ああ、いいね。いいね」と相槌《あいづち》をうってくれていた。

結局、油淋鶏と餡かけ焼きそばに、梅原さんが気になっていたというクラゲの冷菜を頼むことにした。

ほどなくして料理が運ばれてきて、すぐにテーブルの上がいっぱいになった。

「今日は色々な料理が食べられるなあ。ありがたい」

梅原さんは目を細めて言った。

「せっかくなので、手帳にしっかりメモしてくださいね」

「ああ、そうさせてもらおう」

梅原さんはいそいそと手帳とペンを取り出し、テーブルの隅に置いた。

腹が減っていたこともあり、そこからしばらく俺は食べて飲むことに徹し、梅原さんも味を確かめては手帳に書き込むことを繰り返した。そしてお互いまるでグルメリポーターになったかのように、味の感想を言い合った。

「ああ、こんなに楽しい食事は久しぶりだ」

梅原さんはそう言って、二杯目の紹興酒を注文した。そうしてそれをまたチビリチビリと口に運びながら、話し始めた。

「最初に修司さんに会ったときは、声なんてかけたら今の若い人は嫌がるだろうなあと思っててね。普段は絶対そんなことしないのに、不思議と声をかけてしまって。あんまりうまそうにビールを飲むもんだから、ついね。ちょっとおすすめを聞くだけにしようと思ったのに、あなたが嫌な顔一つせずに答えてくれたから、嬉しくなっちゃってね。初めてだよ。店で隣の人に食べ物をおすそ分けなんてしたのは」

「そうだったんですね」

意外だった。いつもそうしているのかと思っていた。

「さすがに断られるだろうなあと思ったけど、思いもかけず食べてくれて。しかもあなたの皿のものまで分けてくれて。いやあ、驚いたなあ」

「すみません、馴れ馴れしくって。たぶん俺も数年前ならそんなことできなかったと思います。今の会社に転職してから変な同僚にいっぱい囲まれてるんですけど、なんだか自分まで図々《ずうずう》しくなってきちゃって」

「いい会社に巡り合えたんだね」

「はい。いい会社だし、いい同僚です。そして依頼者となる方もいい方に恵まれています。今回のように」

梅原さんは眉を上げると、再びニッコリ微笑んだ。

「俺はこの会社も仕事も好きです。今の自分も前よりは好きです。だからこそ、きちんと仕事をこなしたい。依頼者の願いはちゃんと叶えたい。そう思っています」

俺は箸をおき、真っすぐに梅原さんを見据えた。

「俺のこと、信頼してもらえませんか？」

梅原さんはじっと目を逸らさずにいた。

「不測の事態に備えるためには、依頼内容も、それに関わる人物のことも、そして依頼者自身のことも、確実に正確に把握しておかなければなりません。それが、依頼を受ける上での大前提なんです」

梅原さんは、そっと目を閉じた。

「もし、まだ俺に話してないことがあるとするなら、全て話してもらえませんか？」

ほんのひととき、二人の間に静かな時間が流れ、そっと目を開けた梅原さんの顔は、とても穏やかに微笑んでいるように見えた。

「……初めて、テレビのワイドショーで『終活』という言葉を聞いたのは、今年の初めでね」

梅原さんの声はとても落ち着いていて、小さくもよく通った。

「これはいいことを知ったと思って、やってみたんです。その『終活』とやらを。本まで買ってね。でも、すぐに終わった」

梅原さんは顔を上げると、グラスに手を伸ばした。

「いざやらんとして、気づいてしまった。わたしには、終わりに向けて活動するほどのものなんて、何一つないと。家は賃貸、生命保険にも入っておらず、残せる金もなければ、そもそも残すべき家族もいない」

梅原さんは俺を見て、また少し微笑んでみせた。

「家族……は……」

俺は言葉を詰まらせた。では、あの孫の話は。一体誰の、何のために今回の依頼を。

そんな俺の頭の中を見透かしたように、梅原さんはポツポツと語り始めた。

「わたしは戦後、まだまだ物がない時代に生まれ育ちました。父は鉱山で身を粉にして働いて早くに亡くなり、それからは母が女手一つで三人の兄弟を育ててくれた。兄貴二人はもう数年前に死んじまったけどね。決して裕福ではない家庭だったけど、それでも家族みんなで力を合わせなんとか生きてましたよ」

まるで一人芝居を見ているような語りだった。

「三軒隣には二つ年下の幼馴染《おさななじみ》がおりました。まあ美しい娘で。私は密《ひそ》かに彼女に想いをよせ、なんと幸運なことに、彼女もまた私を想ってくれておりました。私たちは恋仲だったのです。それはそれは密《ひそ》やかなものだったけれど、私たちは夫婦となることを望んでいました。私の就職先が決まったら、そう思っていた矢先のことです。彼女に縁談がきました。彼女のお父上は学校の先生でね、校長先生のお知り合いがぜひ彼女を嫁にと。それはそれは良い縁談だった。貧乏な私と彼女はそもそもつり合いが取れていなかった。私は身を引くことが彼女のためだと思いました。そして彼女への想いを断ち切るために、新聞社で働いていた伯父を頼りに東京へ出ました。そこから、わたしの人生は大きく変わった」

梅原さんは、一息つくようにグラスを手に取り、それを傾けた。

「東京に出てすぐ、伯父の知り合いから役者をやらないかと誘われてね。わたしはすぐ芝居の稽古を始めた。これでもね、その時代ではちょっと名の知れた役者だったたんですよ。映画にもいくつか出て。銀幕スターとまではいかなかったかもしれないけれど、そこそこ顔の知れた役者になったんだ」

俺は驚いた。まさか役者として生計を立てていけるほどだったとは、思ってもいなかった。梅原さんはそんな俺に視線をよこし、少し微笑んだ後、続けた。

「それで自分に自信がついたんだろうね。何を思ったのか、わたしは彼女に会いに行ったんだ。別に何をどうしようと思ったわけじゃない。ただ、結ばれることのなかった最愛の人を一目見たかった。いや、貧乏を抜け出し立派になった自分を見せたかったのかもしれない。一目会って、少し言葉を交わすだけ。いいや、ただ幸せな彼女を見るだけでも、自分の中で踏ん切りがつくと思ったのでしょう。彼女の嫁ぎ先はわかっていたから、わざわざ田舎まで会いに行きました。そこでわたしは、とんでもない事実を知ることになりました」

梅原さんは俯いたまま、テーブルの上でぐっと両手を握った。

「彼女は、わたしの子を身ごもっていたのです」

思わず「あー」と声が出そうになった。梅原さんが言っていた『孫』と『家族はいない』その二つの言葉が繋《つな》がった。

「あの時代はね、結婚もしてない男の子を身ごもるなんて、とんでもなかった。当然縁談は破談になり、彼女は勘当されない条件として、産んだその子を子供のいない叔母夫婦の養子にするという約束をさせられた。身ごもったことを誰にも知られてはならないと、家に閉じ込められ子を産んだ。そして、いよいよ子が乳離れするという頃、彼女は子供を連れて家を飛び出した。それっきり行方知れずになったと」

梅原さんは唇を嚙みしめた。

「それからはもう、わたしは必死で彼女の行方を捜しましたよ。彼女はきっとわたしに助けを求めて東京に来ているに違いない。そう思い、不安定で時間に融通がきかない役者の仕事はすっぱりやめて、伯父のつてで新聞社の記者として働きながら、必死に彼女の情報を追いました。しかし彼女は見つからなかった。それから十年が経った頃です。部屋の掃除をしていたときに、当時貰って読まないまましまいこんでいたファンレターの入った箱を見つけました。懐かしさもあり、それを開け、当時忙しさにかまけて目を通していなかったいくつかの手紙を読んだのです。わたしは、本当に馬鹿なことをした」

梅原さんは苦しそうに眉間にしわを寄せた。

「その中に、偽名を使った彼女からの手紙がありました」

気づかなかった、梅原さんの深い後悔がトクトクと伝わるようだった。

「内容は、わたしの子供を産んだこと、現在東京の喫茶店で住み込みさせてもらい働いていること。喫茶店というのは、当時の水商売です。役者をしているあなたの邪魔にはなりたくない、けれどももし、もしもまだ私に心があるのなら迎えに来てください。そう書かれていました。彼女からの手紙は、そのたった一通っきりでした」

そう言ったきり、梅原さんは口を閉じた。中華料理店はいつもと変わらず常連客で賑わい、鍋を振るう音に紛れたテレビの音が途切れ途切れに聞こえていた。

俺は思い切って、口を開いた。

「会いに、行かれたんですか？」

梅原さんは、静かに頷いた。

「けれど、手紙を貰ってから十年経った当時、彼女はもうその喫茶店にはいなかった。というよりも、喫茶店そのものがなくなっていた。わたしは記者として培った人脈や情報網を使い、喫茶店のオーナーだった人物を探り当て、そこからさらに情報をたどり、ようやく彼女の居場所を突き止めました。さらに一年が過ぎていた」

梅原さんはふーと深い息を吐き、グラスを手にゆっくりと口へ運んだ。

「彼女は結婚しておりました。喫茶店で働いていたときに客として来ていた男と結婚し、新しい家庭を持っていました。わたしは一度だけ、物陰から彼女の姿をうかがいました。彼女の隣には、すっかり大きくなった少年が……生意気そうな顔をして、いっちょまえに彼女の持っていた買い物袋を抱えてみたりして……」

梅原さんが言葉を詰まらせた。

「幸せそうでね……」

その声は、涙に滲んで途中で途切れた。

「そして何事もないまま、数十年という月日が経ちました。わたしは結局この年まで一度も所帯を持つこともなく。終活をやらんと決めてから、わたしは彼女の様子を探偵に調べてさせました。最後に何かできることはないかと思ってしまったんです。彼女の夫は四年前に亡くなっており、今は息子夫婦と一緒に住んでいるとわかりました。一人息子は立派に育ち、所帯を持ち、七年前にようやく、待望の孫が生まれたと知りました。……孫が。私に、孫が……」

俺は梅原さんが落ち着くまで黙って待った。テーブルの上にポンとティッシュの箱が置かれた。見ると、店主の奥さんらしき店員さんが黙ってうんうんと頷いた。梅原さんは顔を上げ、ティッシュで涙を拭うと洟をすすり、少し笑った。

「そんなとき、修司さんと出会って、あなたの仕事の話を聞いて、孫に会えるかもしれない方法を思いついてしまった。欲がでました。たった一つだけ、終活をしようと、自分にこれまで生きた褒美を与えようと思った。自分の血を分けた孫へ、直接誕生日プレゼントを渡したい。たった一度だけ、ヒーローマスク越しでいい。私の顔など見ないままでいい。孫には不思議な思い出として、ヒーローからプレゼントを貰った、幼い頃の思い出として、たとえ微かでも記憶に残ってくれるなら、それほど嬉しいことはないと」

そして梅原さんは「嘘をついて、申し訳なかった」と深々と頭を下げた。

「隠し通せると思っていたのに、まったく年を取ると嘘が下手になって。元役者の看板が泣いてるよ」

まだ涙の後が残る頬を拭う彼に、俺も「話してくれてありがとうございます」と頭を下げた。

「あの、本当にお孫さんにお顔を見せなくていいんですか？」

梅原さんは、はっきりと俺を見据えて言った。

「はい。わたしは彼らの人生に何のかかわりもない人間です」

俺はグラスに残ったビールをぐいっと飲みほして、テーブルに勢いよく置いた。

「わかりました。梅原さんのご依頼、改めて、絶対に成功させましょう！」

「よろしくお願いします」

梅原さんは、目尻に深い皺をきざみ、ニコリと笑った。

当日は絶好のお天気だった。俺と梅原さんは窓にスモークを張った大きなバンの中で、家族が出てくるのを待っていた。

「大丈夫、天気も味方についています。思い切っていきましょう」

俺は緊張を隠せない梅原さんの肩を後ろからもみほぐしながら言った。

「もうそろそろ時間ですよ。準備はいいですか？」

「はい。あの、修司さん。わたし、やっぱりアドリブでいきます！」

「えっ！　いまさら⁉」

「一世一代の大舞台だ。見ていてください」

そう言うと、特注のヒーロースーツに身を包んだ梅原さんはバンから飛び出した。

「あっ見て！　ヒーローだ‼」

家族はちょうどレストランから出てきたところだった。目ざとく梅原さんを見つけた泰星くんは、勢いよく駆け寄ってきた。

「すごいすごい、本物だ！」

梅原さんは固まってしまっていた。

「う、梅原さん……！」

俺は車中で固唾を飲んで見守っていた。

「がんばれ！　梅原さん！」

車の中から声援を送ると、梅原さんが突然、大きく動いた。

それは戦隊ヒーローが見せる特徴ある動きを完璧にコピーしたものだった。

「泰星くん、お誕生日おめでとう！」

「えっ、どうして知ってるの⁉」

「ヒーローは何でも知っているんだ」

梅原さんは指を顔の前でチッチと振った。

「すげえや！」

泰星くんの笑顔につられ、マスクの下の梅原さんが笑ったように見えた。本来見えるはずはないのだが、俺にはヒーローが笑っているように見えた。

「お誕生日のプレゼントに、特別に、このヒーローしか使えない腕時計をあげよう！」

梅原さんは機敏な動きでかがんだ。

「いいの⁉　やったああ！」

泰星くんは、紅潮した頬で右手を突き出した。一瞬、梅原さんが戸惑ったのがわかった。

「ま、巻いてあげよう！」

ぎこちない手つきでなんとか、梅原さんは泰星くんの細い腕に腕時計を巻きつけた。

「すげえ！　本物だ！」

「君が頑張りたいとき、勇気を出せば、きっとこの時計が助けてくれるよ！」

「ありがとう！」

「それでは！」

梅原さんは、さっと立ち上がった。

「もう行っちゃうの？」

「ヒーローは忙しいのさ」

梅原さんは言葉一つ一つに身振り手振りをきっちりつけていた。

「わかった！　ありがとうレッドレンジャー！」

そう言ってヒーローを見つめる泰星くんの瞳はこれ以上ないほど眩しく輝いていた。

ほんの一瞬、梅原さんの動きが止まった。そして、ふたたびかがむと、泰星くんの両肩にそっと手を置いた。

「泰星くん……、幸せに生きるんだよ」

「うん！　僕けっこう幸せだよ！」

泰星くんは満面の笑みでそう言い切った。

「……それは、よかった……！」

ヒーローは立ち上がると「それじゃ、さようなら！」と踵を返した。

「ありがとう、レッドレンジャー！」

ヒーローは振り向かぬまま、片手を高く上げて応えた。

「さようなら！　ありがとう！　バイバーイ、レッドレンジャー！」

泰星くんは、ヒーローの背中が見えなくなるまで大きく手を振りながら叫んでいた。

俺は急いで裏手へと車を回した。

「お疲れさまでした！　さ、早く中へ」

梅原さんは肩で息をしながらバンに乗り込むと、マスクを脱いだ。

「いやあ、何度も何度も練習したのに。いざとなったら言葉が出なくなってしまった。映画の撮影でもこんなに上がったことはなかったのになあ」

「大丈夫！　完璧でしたよ」

「あ、しまった！　探し物にするはずだったバッジ、あの植え込みの中に入れたままだ！」

「俺が取ってきます！　梅原さんはここで待っていてください」

慌てて車を降り、仕込んでいた植え込みへと向かった。

「ああ、あったあった」

俺はバッジを拾い上げて言った。本当はこのバッジを探す手伝いをしてもらい、そのお礼として時計をあげる予定だった。

急いで車に戻ろうとすると、後ろから声をかけられた。

「ちょっと、ちょっと……！」

「えっ、ハイ！」

振り向くと、おめかしをした上品な佇《たたず》まいの年配の女性が立っていた。

「あなた、さっきのヒーローさんのマネージャーさん？」

一気に汗が噴き出た。

「え、ええ。そのようなものです」

「ごめんなさいね、突然お声おかけして。孫が大層喜んでいて。ぜひ、あの方にお礼を伝えてくださいます？」

「も、もちろんです！　あ、あの、僕ら次の予定がありますので、これで！」

「お忙しい中、どうもありがとうございました」

女性は深々とお辞儀をした。

「いえ！　では失礼します！」

車に戻ろうとすると「あの……」と再度、女性の声がした。

「できればきちんとお礼に伺いたいので、よろしければお名刺いただけます？」

一瞬で頭をフル回転させた。大丈夫。会社に来てもらってもバレることはない。幸い社名もヒーローズだし、別におかしくない。

「ど、どうぞ……」

俺は名刺を彼女に手渡した。

「まあ、どうもありがとう」

「では、失礼します！」

俺は逃げるようにバンに乗り込んだ。

「バレたのか⁉」

梅原さんが顔面蒼白《そうはく》といった様子で尋ねた。

「いえ、大丈夫です！　とにかく出します！」

俺は急いで車を走らせた。

「お孫さんが大変喜んでいたと、お礼を伝えてくれ、と言われました」

「それだけか？」

「それだけです」

梅原さんはふーーっと大きく溜息をついた。

「終わったなあ……」

「はい、大成功でした」

梅原さんは、その後しばらく黙ったまま窓の外を見ていた。

その翌日、彼女は菓子折りを持って事務所へやって来た。

「一体どなたが、ヒーローさんを依頼してくれたのかしら？」

上品ないでたちでシャンとソファに座った彼女は、穏やかに言った。

「息子も嫁も知らないって言うのよ？　てっきりお母さんかと思ってた、なんて」

俺は汗をかきっぱなしだった。

「それは……偶然あの場に居合わせただけで……たまたまお誕生日と伺いましたので
……よかれと思い……」

「それにしても、どうしてあの方、泰星の名前を知っていらしたのかしら？」

「よ、呼びかけているのを聞いたのではないでしょうか？」

「そう……」

「はい……」

微妙な沈黙が続いた。

「なんにせよ、ありがとう。どうも、ご苦労様でした」

彼女はニコッと笑った。

「いいえ、とんでもありません」

「それでは、長々とお邪魔するのもなんなので、失礼しますね」

彼女が立ち上がり、俺はホッと息を吐いた。

「わざわざ来ていただき、ありがとうございました」

「いえいえ、こちらこそ」

彼女は出口まで向かうと、ふと振り返った。

「そうそう、梅原さんに一つ伝えていただきたいのだけれど、いいかしら？」

「はい、なんでしょう」

彼女はニヤリと笑った。

俺は一瞬疑問を感じ、次の瞬間「あっ！」と叫んだ。

「やっぱり、あの人なのね」

「いえ、その……」

「だって、私たち家族以外で泰星を祝いたい人なんて、あの人しか思いつかないもの。大丈夫よ、あなたは年老いた狐《きつね》につままれたと思ってくだされぱいいから」

そう笑って、彼女は颯爽と去って行った。


一週間後、俺宛に一通の手紙が届いた。中にはさらに封筒が入っていて、その宛名は『梅原兼三様』となっていた。

梅原さんは、一度その手紙を持ち帰り、後日、俺に見せてくれた。

そこには、俺たちの知らなかった事実が、美しい筆跡でつづられていた。

『前略
お久しぶりです。本当に、お久しぶりです。まさか、あなたにこうして手紙をしためる日が再び訪れるとは、人生とはなんといたずらなものなのでしょう。

先日はありがとうございました。泰星はあれからヒーローウォッチを腕につけ、幾度となく眺めては満足そうに笑っております。あのプレゼントのおかげで大嫌いだった牛乳すら飲めるようになりました。心から感謝しております。

今日は一つだけ、懺悔《ざんげ》させていただきたく筆を取りました。

私は知っていました。あなたが私を探してくれていたことを。私が東京へ来て十年も経った頃でした。当時お世話になったオーナーから、私を探している男性がいると聞いたのです。すぐにあなただとわかりました。嬉しかった。あなたは私を探してくれていた。きっと、ずっと探してくれていたのでしょう。あなたは私を捨てたのではなかった。きっと私があなたに宛てた手紙は届かなかったのね。そう思うと、私の心は感謝と愛《いと》おしさで覆い尽くされました。もう一度手紙を書けばよかった。あなたに会いに行けばよかった。心から後悔しました。

そして、ひとめ、あなたにお会いしたい、そう思ってしまいました。けれど、それはできませんでした。

当時、私には既に夫がおりました。家と縁を切り身寄りもなくなった、居場所のない、子連れの未婚女を愛してくれた人です。私には彼を裏切ることなど到底できませんでした。〝今〟の幸せを壊す勇気など、もう残っておりませんでした。

それから幾十年、私はあなたを忘れ、そしてあなたもとうに私を忘れていると思い、暮らしておりました。しかし先日、あなたがヒーローになって現れて、私の心は揺れました。これほど時が経ってもまだ、私たち親子を気にかけてくれるあなたの想いが嬉しくて、嬉しくて、幾度も涙がこみ上げました。けれど、やはりあなたと会うことは叶いません。叶えてはならない思いです。

私の夫は、愛する人は、生涯彼一人なのです。数十年連れ添った夫を裏切ることはできません。私はきっと、あともう少しで夫の待つ場所へ行くでしょう。夫と再会したとき、後ろめたくないよう、最後まで夫に一途《いちず》なままの私でいたいのです。

ただ一つだけ、許されるとするのなら、私が死んだら、墓前に花を供えてください。

たった一度で構いません。はるか昔にあなたがくださった、あの美しい野菊を一輪。

人生を終えた暁にならし、たった一輪の花を愛《め》でるくらいであれば、長い道を歩き終えた自分へのご褒美として、許してもらえるかもしれません。

万が一、あなたが先に旅立つようなことがあれば、そのときは、私があなたの墓前へ野菊を一輪持って参ります。どうか、それをお許しください。

私はあなたと出会えたこと、息子を持てたこと、孫の顔まで見られたこと、そして良き夫と人生を共にできたこと、全てに感謝しております。

私は幸せでした。幸せな人生を送りました。

どうか、あなたも同じでありますように。

残された人生をより謳歌《おうか》なさって、幸せに生きてくださいますように。

心から祈っております。

かしこ』

さらにその一週間後だった。彼女が亡くなったと、息子さんからの知らせを受けた。

そして一か月半経った頃、息子さんが、事務所を訪れた。

「先日はありがとうございました。無事に四十九日も終わりました」

「もう落ち着かれましたか？」

「ええ、母がきちんと整理してくれていたので、滞りなく」

彼はお茶に一口、口をつけると、淡々と話し始めた。

「しかし、実の父が生きていたとは……。僕と父は血が繋がっていない、ということは知っていました。けれど、実の父親が誰かまでは知りませんでしたし、てっきり死別していたのだと思っていましたから。母にあらかたの話を聞いて、もし会いたいのであればここに連絡して、と田中さんの名刺を渡されたときは驚きました」

「はい。先日もお伝えしましたが、もしお父様にお会いになりたいのであれば……」

彼は途中で俺の話を制した。

「いえ、それは考えていません。僕の父は一人なので」

俺は「そうですか」と素直にうなずいた。

「実は先日、母の遺品から、いくつかの古い映画のチケットとパンフレットの入った小箱が見つかったんです。同じ映画を何度か観に行っているものもありました。主演しているのはそれぞれ違う俳優で、特に母がファンだなんて聞いたこともなかったし、それ以前に母がそれほど映画好きだと思ったこともなかったので、不思議に思っていたんです。どんな映画を見ていたのかと気になって調べてみると、毎回同じ俳優の名前があることに気づきました」

息子さんはふふっと笑った。

「会わないと決めたのに、こんなことばかり考えてしまって」

「気になられるのは当然ですよ。もしも今後、お考えが変わることがあれば、いつでもご連絡ください」

彼は「ありがとうございます」と言い、さらに続けた。

「実はね、母の四十九日に、墓である男性とすれ違ったんです」

彼は、寂しそうな目を見せた。

「なぜだかわかりません。でもなにかに引かれるように、僕は振り返って、そうしたらその男性も振り返っていて、優しい目で僕を見ていた……」

彼はなんとも言えない表情で、口元を緩めた。

「それだけです。何の言葉も交わさず、彼はただ黙って頭を下げて、僕もそうして、互いに去りました」

血の繋がりとは不思議なものだと思う。会わなくたって、お互い引かれ合う。そんなこともあるのかもしれない。

「母の墓前にいくと、野菊が一輪置いてありました」

「……そうですか」

思わずしんみりしてしまった俺に、彼が「田中さん？」と声をかけた。

「いえ、すみません。あの、失礼ですが、お母さまは、その、ご病気で……？」

「はい。余命三か月と言われていました。あれが、泰星と過ごせる最後の誕生日になってしまいました。そして、その最後の誕生日に、あの人が現れて……」

ひょっとして、梅原さんは……梅原さんは、彼女の病状もすべて知っていたのかもしれない。『歳《とし》をとると嘘が下手になる』と笑った彼を思い出した。

「今になって、なんとなく話が見えてきたんです」

彼はなんとも言えない顔で笑った。

「もし、彼が亡くなったときには、僕にも連絡をもらうことはできるのでしょうか」

「ちょうど明日会いますので、ご本人に意志を確認しておきますね」

梅原さんの息子さんは「お願いします」と頭を下げた。


病室へ行くと、広く開いた窓から冷たい風が吹き抜けていた。

「今日はすごくいいお天気ですね」

病室のベッドの上で、梅原さんはニッコリ笑った。

「本当に、気持ちのいい風だよ」

「窓開けたままで、寒くないですか？」

「いいや、大丈夫」

俺はベッドの横にある小さな椅子に腰かけた。

「調子はいかがですか？」

「すこぶる順調ですよ。検査結果もよかったし、来週あたりには退院できそうだ」

そういう梅原さんの顔色は確かに良さそうだった。

「それはよかった。あ、これご注文の品です」

俺は鞄から、昨日ミヤビから手渡されたパウンドケーキの包みを取り出した。

「ああ、嬉しいな。わたしはこれが好きでね。無理を言って申し訳なかったね」

「前に話した、同僚の奥さんが焼いたそうです」

「手作りとは、これはまた贅沢だね。ありがたくいただこう」

梅原さんは缶コーヒーを用意してくれていた。それを飲みながら、ミヤビの奥さんが焼いてくれたパウンドケーキを食べた。

「そういえば、俺ずっと不思議だったんですけど」

「なんだい？」

「どうやってお孫さんの誕生日とか、パーティーがあるとか調べたんですか？」

梅原さんはふふふと笑った。

「そりゃあ、記者は調べるのが仕事だから」

「だから、どうやって調べたのかなって。後学のために知りたいんです」

「まあ、まずは常連になってね。幸いじじいだとほら、あまり警戒はされないから」

梅原さんは面白そうに笑いながら言った。しかし今のご時世そう簡単に情報が筒抜けになるとは思えない。調査には相当の時間がかかるだろう。

「ひょっとして、定期的にずっと彼らを調べていたのではありませんか？」

「まさか。そんなことしたらストーカーでつかまっちゃう」

梅原さんはひょうひょうと言った。どこまでが嘘か本当かわからない。探偵に調べさせたといったことさえ怪しいと思えてしまう。

「元役者で、元記者で、取材のプロで、うちに欲しい人材ですね」

「役者はもう無理だよ。年を取ると嘘も下手になる」

梅原さんは「退院したら働こうかね」と冗談を言いながら、手帳を取り出した。

「パウンドケーキの感想、書くんですね」

「もちろん。楽しいんだよ。このノートを見るのが。ああ、このときは楽しかったなあ。美味しかったなあ。わたしはよく生きたなあって」

梅原さんは手帳をパラパラとめくった。

「覚えてるかい？　この煮豚が最初だった。うまかったなあ、これ」

「では、退院祝いはあの店にしましょうか」

「ああ、いいねえ。紹興酒も二十五年物にしよう」

「酒は控えたほうが良いのでは？」

「いやいや、わたしの終食活動はまだまだ終わってませんからね」

「そうでしたね。もう少し寒くなったら鍋もいいですね」

「ああ、いいねえ」

「梅原さんは何鍋が一番好きですか？　俺はもつ鍋が好きなんですけど家ではできないんですよね。去年は家で豆乳鍋作るのにはまって――」


連絡がきたのは、それからたった三日後だった。

「うーさっぶ。ついこの間まで、まだ気ぃ抜いたら夏に戻すぞみたいな顔してたのに。あっという間ッスね、季節が変わるのは」

「本当にね」

俺はすっかり冬の色に染まった空を見上げた。

「終活なんて、何もすることなかったって言ってたのにな」

「葬式の後にそのまま納骨したんですってね。全部の手配を終えて、見事に完璧な終活ができてたッスね」

梅原さんが残した終活手帳の最初のページには、こう記されていた。

『余命半年と宣告を受けた。今日から終活を始める。
・墓と葬式の手配を忘れずに。
・あの人、息子、孫に会う。

・うまいものをたくさん食べる。
・最後まで人生を楽しむ。
わたしの心臓よ、あともう少しだけ頑張ってくれ。』

「梅原さん、最後まで芝居がうまかったな」

「年を取ると嘘つくのも下手になる——ってね」

「うん。でも、それも全部芝居だったよ。最後まで本当に元気そうに見えて……」

ミヤビがポンと俺の肩を抱いた。

「修司さん、ちゃんと持ちました？」

「持ったよ」

「それにしても、ギリギリになって『野菊ってどこで売ってるの⁉』とかって」

ミヤビがいつもの調子でニヤニヤと笑った。

「悪かったよ。まさか花屋にないなんて思わなかったんだよ」

「てゆーか、修司さんが野菊持ってっても意味なくないッスか？　修司さんはふつーの仏花とかでいいんじゃないッスか？」

「俺も用意した後でそう思ったよ。でも初七日だし、特別な花がいいかなって」

「ま、修司さんらしいッスね。さあー、着きましたよ」

その前まで行き、俺は「あ……」と立ち止まった。

ミヤビが俺の隣に並んで言った。

「先客があったんスね」

梅原さんの墓石の前には、小さな野菊が二輪、供えられていた。

STAGE 8
これはたぶん、あの頃に見ていたとても美しいなにかの話

「修司」

人混みの中、透き通るような声がした。決して大きくはないのに耳に響くような、よく通る声だった。振り返ると、頬までかかる大きなサングラスを少し下にずらした美しい女性が口の端で笑ってみせた。

「久しぶりじゃない」

彼女は俺に近づくと、小首をかしげ、髪をさらりと肩へ流した。その仕草に俺は目を細めた。

「少し大人っぽくなられましたね」

「はあ？」

目の前の多咲真生《たさきまい》はあからさまに眉間に皺を寄せた。

「再会して最初のセリフがそれ？」

「相変わらずですね」

俺が苦笑すると、彼女は憮然《ぶぜん》とした表情のまま俺を見下ろすように顎を上げた。

「事務所に連れてってよ」

彼女はずらしたサングラスをかけなおし、その大きな瞳をしっかり隠して言った。

「あれ？　ご依頼ですか？」

「ここ、日差しが強いのよ！」

彼女は不機嫌な声をさらに尖らせた。

「はいはい」

俺は再び苦笑した。

「客に『はいはい』ってなに」

多咲真生がサングラスの奥で俺を睨んだのがわかった。

「はいはい、どうぞ、こちらへ」

彼女はプイッと髪を揺らすと、俺に先立って、細いデニムに合わせたハイヒールをカツカツと鳴らし歩きだした。

やっぱり依頼なのか。素直に答えてくれればいいのに。俺は彼女の後に続いた。

もうすっかり冬の気配が近づいたとはいえ、まだ強い日差しは残っている。多咲真生は、指先まで隠れるような長袖に長ズボン、キャップとサングラス、その上日傘まで差していた。

「事務所までの道、まだ覚えてるんですね」

先立って歩き続ける彼女に、俺は言った。

「記憶力がいいの」

「本社のほうじゃなくていいんですか？」

彼女は少し間を取った後、そっけなく答えた。

「事務所のが近いでしょ」

俺は小さく溜息をついた。

「まあ、近いですけど。でも、事務所には……」

俺がそう言ったところで、その廃屋のようなビルが現れた。

「ついた！」

多咲真生は嬉しそうな声を上げた。

「相変わらず古くさいビルね。崩れないでしょうね」

口は悪くも、口調はなんだか楽しそうに聞こえた。

「……大丈夫ですか？」

俺は、長く続く階段と彼女のハイヒールを見比べて言った。

「……エクササイズよ」

多咲真生は一瞬ためらいを見せ、サングラスを外すと、その美しい瞳を歪めて階段を睨みつけ、しっかりと足を踏み出した。

「大丈夫ですか？」

四階を過ぎ、はあはあと呼吸を大きくする多咲真生に俺は尋ねた。

「よゆう……」

余裕とは程遠い声で彼女は言った。

「一回休憩しましょうか」

「大丈夫だってば」

どうしてそうも意地を張るのか。俺が止まると、多咲真生も足を止めた。

「今日はミヤビいるの？」

まだ少し肩で息をしながら彼女は言った。

「たぶん、いるんじゃないですかねえ」

「たぶん？」

「休む前はテンション高くて聞いてもないのに予定を教えてくれたり、うるさいんですよ。でも昨日はいつも通りダレてましたから、いますよたぶん」

多咲真生は表情を和らげクスッと笑った。

「相変わらずなのね」

その声は優しかった。

「相変わらずですね」

俺も少し笑った。

「あんたも相変わらずだもんね」

彼女はこのビルに入ってから初めて、俺に視線を投げた。

「まあ、相変わらずですね」

その答えに、多咲真生は俺から視線を外した。少し俯いたその瞳は、なんだかさみしそうに見えた。彼女はほんの少し口角を上げると、再び視線を上げ、しっかり階段を踏みしめ始めた。俺もそれに続いた。

「相変わらず……」

一定のリズムで足を動かしながら、彼女は呟いた。

「なんですか？」

「最初に私に言ったでしょ？『相変わらずですね』って」

いけなかったのだろうか。

「でもその前にちゃんと『大人っぽくなりましたね』って言いましたよ」

彼女は少し咎《とが》めるように「ちゃんとって何よ」と呟いた。

「私も、相変わらずなの？　あんたから見て……」

彼女はまっすぐ前を見たまま言った。

「そう……ですね。僕はそう思いましたけど」

「そう……」

彼女の表情からは感情が読み取れなかった。女優さんに「相変わらず」というのは褒め言葉にはならなかっただろうか。

「あ、でもちゃんとキレイになってますよ。前より大人っぽいっていうか」

「別にそういう意味で言ってんじゃないの。キレイなことくらい知ってるから」

彼女はさも当然というようにさらりと言った。端整な顔に似合わない、清純派のキャラからは想像もできない毒舌さ。やっぱり、相変わらず俺の知っている彼女だった。

「……相変わらずですよ」

俺がそう言うと、彼女は再び、唇の端をほんの少し上げた。

「……なら、いいの」

そう言った彼女の横顔は、少し憂いを帯びて見えた。

「変わらないって、すごいよね……」

そう呟いたっきり、彼女は黙って階段を上った。

しばらくすると、俺にとっては見慣れた、彼女にとっては久しぶりであろう重厚な木目の扉が目の前に現れ、多咲真生は感慨深げにそれを見つめた。

「開けましょうか……？」

俺は一歩後ろから、そっと声をかけた。

彼女は何も答えずに、自らの手を扉にかけた。

ギイーーッと木がきしむ音がして、扉はゆっくりと開いた。


その日、彼女は結局のところ何をしに来たのかさっぱりわからなかった。

部屋をひと回りすると彼女は「ミヤビいないじゃない」と憮然とした表情で言い、依頼者用ソファへ深く腰掛け、ゆっくりと脚を組んだ。

俺は少しだけ少なめに注いだコーヒーと、それに彼女が自分で好きな分だけ加えられるようにミルクポットを出した。彼女は「ありがと」と呟き、コーヒーに少しだけミルクを加えた。

「ミヤビは、出ているようですね。連絡してみましょうか」

俺の提案に彼女は首を振った。

「私、そんなに暇じゃないのよ」

ならばアポを取ってから来ればいいのに。

「ミヤビの連絡先、知ってますよね？」

「知ってる」

彼女は目を伏せてコーヒーカップを口へと運んだ。

「なら連絡してみては……？」

彼女は黙っていた。しばらく静かにコーヒーを飲んでいた彼女は、そっとカップをソーサーへ戻すと、こう呟いた。

「……試してみたの」

俺はそのささやくような小さな声を聞き逃さず尋ねた。

「何を……？」

その問いに、彼女はやはり答えなかった。

「帰る」

彼女はそう言って立ち上がった。コーヒーカップは空になっていた。

俺は黙って、彼女のその憂いを帯びた背中を見送った。

その翌日、ネットニュース、テレビ、新聞あらゆる媒体に彼女の名前が飛び交った。

『多咲真生、電撃引退か！』『結婚、妊娠の可能性も⁉』『大人気女優に一体何が⁉』

中には『大人気女優が見た芸能界の闇』や『実質クビ⁉　事務所との関係』などと

いう文字も並んだ。数年前に起こった、彼女がストーカーに狙われたあの事件を引き合いに出している記事も多かった。

「なんで昨日、すぐに連絡くれなかったんスかー」

彼女のことが書かれた新聞記事に目を通していたミヤビが、椅子にもたれながら非難めいた声を俺に向けた。

「だって、いいって言われたんだもん」

俺もふてくされて答えた。

「女性の『いい・いらない・大丈夫』をそのまま素直に受け取っちゃうなんて。はあー、やっぱりまだまだッスねえー」

ミヤビは大袈裟に溜息をつきながら、大きく背もたれを倒し背中を伸ばした。

「だって……」

俺はさらにふてくされた。

「彼女、試してみたって言ったんだよ。ミヤビがいるかどうか、運試し的なものだったんじゃないの？　ミヤビがいれば問題なかったのに……」

ブツブツ言う俺に、ミヤビは素知らぬ顔でふわあーと欠伸をした。

「て、俺に文句言う前に、自分で連絡してみなよ！　欠伸してないでさ。ミヤビに会いたがってたのは事実なんだから」

ミヤビは「うーん」とポキポキと首を鳴らした。

「ま、もうちょい待ちます」

「どうして?」

「物事にはタイミングってもんがあるっしょ? 今はきっと色んなところから連絡がきて彼女もてんてこまいだろうし。ちょっと落ち着いた頃に、それでも向こうから何もアクションがなけりゃ、まあ一回連絡してみますよ」

俺はなんとなく腑に落ちない思いでいた。

「ミヤビって、結構ドライっていうか……ちょっと冷たいときあるよね」

ミヤビは「えっ!」と大袈裟な声を出した。

「どこがッスかー。めっちゃハートウォーミングじゃないッスかー。こんな湯たんぽ並みにあったかい男他にいねーッスよお?」

心から「心外だ」という表情で、ミヤビは言った。

翌日、俺は電話当番だった。朝一番に出勤し、デスクに座ってコーヒーを飲んでいると、ほどなくして扉がコンコンとノックされた。今朝は面会の予定は入っていなかったのに。そう思いながら扉を開けると、スニーカーを履いた細い足が見えた。視線を上げると、つばの広い帽子を目深く被った多咲真生が立っていた。

「休暇を貰ったの」

彼女はニコッと笑った。

「もう十一月も終わるっていうのに、今日はあんまり寒くないんだね」

ソファに深く腰掛けて、彼女はコーヒーカップにミルクをたっぷりと入れた。

「私、秋って好きよ。一番好き」

大きく開いた窓からは、軽やかでさらりとした風が吹き抜け、俺たちの頰を撫でた。

「風が気持ちいいですね」

「うん」

彼女は静かに微笑んだ。

「ねえ、夏から秋に変わる瞬間って、わかる？」

突如、彼女は俺に問いかけた。

「変わる瞬間ですか……」

俺が考えると、彼女は得意げに笑った。

「昨日まで湿気が残っていた風が、急に乾くのよ。本当に突然。そう、だいたいが夕暮れ時ね。突然、絹みたいにさらさらした風が吹くの。あ、風が変わったってわかる。それが秋の始まり。そして、夏の終わり」

彼女は風にサラサラの髪をなびかせながら言った。

「今年の夏は何してたの？」

今日の彼女は珍しくおしゃべりだった。とても自然な姿に映った。

「俺は……普通に仕事して……それから……何だろう」

「海とか行った？」

「いえ、行ってません」

「花火は見た？」

「行く予定だったんですけど、結局行けずで」

「つまんない」

本当につまらない。自分で言っていてもそう思った。

「じゃ、行こうか」

彼女は無邪気さを瞳に映して言った。

「どこへ？」

「海」

「今からですか？」

「また行こうって約束したじゃない」

その言葉に俺は思わず微笑んだ。

「覚えてたんですね」

「まさか、忘れてたの？」

彼女が眉間に皺を寄せ、横目で俺を睨んだ。

「いえ、覚えてましたよ。でも、真生さんはとても忙しそうだったからとっくに忘れているかと。朝ドラ、見てましたよ」

「ありがと。でも私、物覚えはいいほうなの」

彼女は澄ましてコーヒーカップを口に運んだ。

「さすがです」

俺も同じようにコーヒーを飲んだ。

「で、どうするのよ」

彼女がしびれを切らせた子供のように言った。

「行くの？　行かないの？」

なんだかとても等身大の、普通の女性がそこにはいた。

「もちろん、行きますよ。もうすぐ道野辺さんが出社するので、それからね」

俺の言葉と同時に、扉がギギーと音を立てて開いた。


「海——!!」

冬が近づき、すっかり人気のなくなった平日の海岸で、彼女は叫んだ。

「ずーっと見たかったの！　今年は朝ドラの撮影で山のふもとにこもりっぱなしだったから。暑くて死にそうなのに日焼けはできないし、全身真っ黒な服で体を覆って、虫は多いし蛇は出るし、もう地獄みたいだったわ」

少し冷たい、強い海風も彼女にとっては待ちわびた相手のようだった。

「ひゃー！　冷たい！　気持ちいいー」

波が彼女の足下まで迫り、彼女は慌てて波から逃げた。

「そういえば、ミヤビと連絡は取れましたか？」

彼女は振り返って首を振った。

「取ってない。あのときはね、なんだかミヤビに会えば何かを言ってもらえるかと思ってたの。あの人、たまに核心を突いたことを言うから。でも会えなかったっていうのは、そういうことよね、きっと」

少し強い風の中、彼女は声を大きくして話した。

「そういうこと？」

彼女は髪を押さえて振り返った。

「迷うなってこと」

彼女は笑っていた。

電撃引退。それは事実なのか。あるいは、彼女自身もまだ決めかねているのか。

「どうして憧れってこんなにもキラキラしてるんだろう。憧れの最中《さなか》が一番美しい。卑怯《ひきょう》よね。こんなの、追わずにはいられないじゃない」

キラキラと輝く水面《みなも》に向かって投げられたその言葉は、きっとこの海を指しているのではない、ということだけはわかった。

「休暇は、しばらくあるんですか？」

俺の問いに、彼女は再びくるりと振り返った。

「久しぶりの大型連休よ！」

そう叫んで、多咲真生は満面の笑みを見せた。

その後、俺たちは近くの小さなレストランで昼ご飯を食べた。俺はハンバーグランチを、彼女は生姜《しょうが》焼き定食を食べた。彼女は大きなつばの帽子を脱ぎ捨て、髪はポニーテールにしていたにも拘らず、定食屋の主人に気づかれることはなかった。

店を出て堤防に腰掛けていると、後ろから「おーい！」と声がした。振り返ると、ミヤビが走ってきていた。多咲真生は嬉しそうに「おーい！」と手を振り返した。

再会を祝した二人は、再び海に向かって駆け出し、なんと足首まで水につかった。

「冷たーい！」

「風邪ひきますよ！」

俺の声など聞こえないように、二人ははしゃいでいた。

ひとしきり遊び終わると既に夕刻だった。堤防に並んで座ると、ミヤビがおもむろに、肩にかけてきた大きなスポーツバッグを開けた。中からは、ご丁寧に替えの靴下が三足と、タオルと、温かいお湯が入った大きな水筒まで出てきた。

「準備いい！」

思わず声を上げた俺にミヤビはニヤッと笑いかけ、水筒のお湯を彼女の冷えた足にかけてあげた。

「あったかーい」

「さすがにもう海水は冷えますからねー」

確かに、温かい飲み物は自販機でも買えるが、お湯は売っていない。手ぶらで来てしまった俺は、せめてと自販機まで走って三人分の温かいお茶を買った。

「いや、ほんとすごいね、準備が。素直に見習わなきゃって思った」

肩で息をしながら、二人に買ってきたお茶を渡すと、ミヤビは「でしょー。もっと褒めていいんスよー」と得意げに笑った。

それからさらにミヤビはお湯をビニール袋に入れて口を縛り、それをジップ付きのビニール袋に入れ、薄いタオルを巻いて簡易湯たんぽを作って彼女に渡した。

「ミヤビはほんと、気が利くよねー」

多咲真生はそれを冷え切った足先に当て、嬉しそうに言った。

ミヤビも「でしょでしょー」とニヤニヤ笑っていた。

体も温まり落ち着いた俺たち三人は、並んだままぼーっと海を眺めた。堤防から見る海は、夕日に照らされ、昼間とは違う輝きを見せていた。

多咲真生がポツリと「きれいね」と言った。

「本当ですね」

「前回は一緒には見れなかったッスからねー」

そう言われて思い出した。前回、多咲真生は俺たちから離れて一人で堤防に座り夕日を見ていた。確かあのとき、彼女は夕日を眺めながらどこかで聞いたラブソングを口ずさんでいた。ネット記事に『結婚か』と書かれていたことがふと頭をよぎった。

「あの頃の私には……」

彼女は夕日にきらきらと輝く海を見つめ、おもむろに口を開いた。

「東京が一番きらきらしている場所だった。でも、今はもう違う」

そう言った彼女の瞳は、寂しそうだった。

「まだ記事が出るはずではなかったの。情報を流したのは、事務所側の人間よ。私自身、誰が味方で誰が敵かなんてわからないの。信じられるのは、自分一人」

彼女は真っすぐ海を見つめて言った。空気がピンと張り詰めた。

「あと、ついでに修司とミヤビも。割と信じられる側の人間よ」

張り詰めた空気を和らげるように、彼女は俺たちを見て笑った。

「私はきっと、人よりちょっと飽きっぽいのね。一つの場所に留まることができない。もっともっときれいな物がないか探してしまう。でも、だからこの職業は天職だと思ってるの。常に違う誰かの人生を生きられる。天職だからこそ、もっと大切にしたい。無駄遣いなんてしたくない。一瞬一瞬を切り取って生きていたい。私はもっと、私に正直であるべきなんだって。やっとそれに気づいた」

俺とミヤビはただ黙って、彼女の宣言とも取れる言葉を聞いていた。

「人生はタイミングでしょ？　私には、それが今なの」

彼女ははっきりとした声で言った。

「新しい場所へ行くわ」

そう言った彼女は、見たこともないような清々《すがすが》しい笑みを浮かべていた。

「いざ、出航よ！」

夕日に照らされた彼女の横顔は、今まで見た中で一番美しく輝いた。

ミヤビが、お茶のペットボトルを高く夕日に向かって掲げた。

「では、新しい門出に！」

俺もあわてて同じようにペットボトルを掲げた。

「旅の多運を祈って！」

多咲真生は満面の笑みを浮かべた。

「みんなの未来に！」

俺たちは合わせて息を吸った。

「かんぱーい！」

三人の笑い声が、人気のない海辺に響いていた。

「修司さん!」

数日後、社食でいつものように昼飯を食べていると、後ろから元気な声がした。

振り向くと、吉田葵がパスタを載せたトレーを持って笑顔で立っていた。

「ああ、お疲れさま」

葵は「お疲れさまです」と、当然のように俺の隣の席に座った。

「聞きましたよー」

座るなり葵はニヤッと笑って言った。

「多咲真生と一緒に海に行ってたんですってね」

「誰に聞いたの?」

苦笑した俺に、葵は澄ました顔をして見せた。

「昨日、修司さんとミヤビさんの代わりに誰が事務所の電話番をしていたと?」

「ああ!」

俺はクスリと笑うと「それはどうも」とお礼を言った。

「社員がいきなり海に行っちゃうんですから、ほんと自由な会社ですよね」

葵はそう言って、パスタを口に運んだ。

「そうだよね」

俺は笑いながら天ぷらうどんをすすった。

「それで……その……」

葵がもごもごと口を動かした。

俺が「なに？」と尋ねると、葵はとても遠慮がちに俺をちらりと見た。

「多咲真生……さんは、本当に引退されるんですか？」

葵が声を潜めて言った。

「依頼人の事情を探るのは、あまり感心できることじゃないなあ」

俺が少したしなめる口調で言うと、葵は慌てて訂正した。

「そうですよね、ごめんなさい！　聞かなかったことにしてください！」

「葵さん、ファンだったの？」

「そういうわけでは……。ただ、個人的に興味があって。少し年上の、私から見たら成功を収めている女性がそれを捨てる……捨てるっていうのか、わからないですけど。それってすごい覚悟っていうか……どんな気持ちなんだろうって」

俺は「なるほど」と頷いた。

「私は前の会社辞めるのにも相当悩んだし、楓が無理矢理辞めさせてくれたようなものなので。自分でそういった決断ができる人って、ちょっとすごいなって思います」

葵はニコッと笑うと、それ以上彼女のことを尋ねることなくパスタを食べた。

「ところで、昨日海に行ったのは依頼だったんですか？」

俺は再び苦笑いした。

「さすがに勤務にはしていないなあ」

言いながら、ミヤビはどうしたんだろうと思った。アイツならさらっと勤務扱いにしていそうな気もする。俺が端的に居場所だけを送ったメールも、受け取り方によっては仕事の依頼にも見えるかもしれない。

「じゃ、早退ですか？」

「そうなるかな」

葵は「ふーん」と頷くと「ほんと、自由な会社」と微笑んだ。

実は多咲真生からは、あれからずっとメールがきていた。特に依頼があったわけではない。ただ、とりとめのない内容のメールが続いていた。彼女の行動はなんだか、普通の女性に戻りたがっているように思えた。

俺はその夜、葵と楓を近くの居酒屋に呼び出すことにした。道野辺さんとミヤビも誘った。この社には珍しい、会社の飲み会といった感じだった。

「楓っちー。久しぶりじゃないッスかー」

俺が二人を連れて店に向かうと、既に個室で待っていたミヤビはご機嫌でビールを開けていた。道野辺さんも何やらグラスを傾けながら、ニッコリと会釈をした。

「お久しぶりです」

楓が爽やかに笑った。

「お疲れさまでーす！」

葵が元気に挨拶すると、ささっと席に座った。

「にしてもどうしたんスか？ 急にこんな飲み会なんて、珍しい」

「こんな人数で飲むのは久しぶりですね」

ミヤビと道野辺さんが口々に言った。

「まあ、遅くなりましたけど葵さんの歓迎会もかねて」

葵が「ありがとうございます！」と笑顔を向けた。

「……も？」

ミヤビが耳ざとく俺に訊き返した。こういうところは本当に鋭い。

「まあまあ、それはまた後で」

俺は無理矢理笑うと、店員を呼んだ。

飲み物が揃ったところで俺は「では、改めて、葵さんの入社を祝しまして」とグラスを手に取った。

「かんぱーい！」

ミヤビが先頭を切ってグラスを掲げた。

「乾杯！」

みんなの楽しそうな声がそれに続いた。

しばらく歓談していると個室の扉がスーッと開いた。

「やあ、お待たせ」

遅れて登場した人物に、みんなが驚く顔が見えた。

「「東條先生！」」

楓と葵が声を揃えた。

「お邪魔しちゃって、ごめんねー」

東條先生は少し照れくさそうに、俺に促されて席についた。その後ろから「チーっす」と拓も入ってきた。

「どーもー、あ、東條先生何飲みます？　あと何食います？」

拓は席につくなりメニューを広げた。東條先生とは、店先からこの席に来るまでの間で既に打ち解けているようだった。

葵と楓が目配せした後、二人して俺を見た。

「あ、そうか。ええと、彼は佐々木拓って言って……なんていうかな。ほら、拓、自己紹介して！」

「え？　あ、佐々木拓っす。元、修司さんと同じコンビニ店員で、来週からアメリカ行ってきます」

それに唯一驚いたのは俺だった。

「えっ！　来週からまたアメリカ行くの!?」

「行くっすよ？　あ、チキン南蛮は絶対食わねえと。これ、もう頼みました？」

「いやいや、それ今どうでもいいから！」

「どうでもよくないっしょー！　居酒屋で初めに頼むメニューは一番腹が減った旨《うま》い状態で食えるんすよ？　超重要じゃないっすかー。ね、チキン南蛮頼みました？」

楓が笑いながら「まだ頼んでないです」と答えた。

「えー、これだけいて誰も頼まねえとか、ゆゆしき問題っすよ。これもう、チキン南蛮戦争っすよ」

「まだそんなに食べるもの、頼んでないんですよ」

葵も笑顔で言った。

「いや、頼まねえと頼まねえと。飲み会で食い物頼まなきゃ何するんすか」

「飲むんだよ、普通。いや、じゃなくて拓。来月からアメリカって……」

「あー、これ！　唐揚げうまそー！」

「え？　チキン南蛮頼むのに、唐揚げも頼むんですか？」

「いや、葵さんもちょっと待って、あの今……」

「チキン南蛮と唐揚げは別物だよね」

「さすが、東條先生わかってるー。これ、居酒屋の二大巨頭っすよ。だってここ名古屋コーチンが名物って、ほら！　頼まなきゃ嘘でしょ」

「拓、あの、ちょっとだけさ……」

「とりあえず、人数多いし二人前ずついっちゃいますかー」

「私はそれほどいただけませんので、頭数には入れないでくださいね」

「若いの多いんでいけるっすよー、道野辺さん」

「僕、けっこう食いますよ」

「お、さすが、楓っち」

「葵もけっこう食うし」

「ちょっと、余計なこと言わないでよ！」

「あれっ、そう言えば、どうして僕の名前知ってるんですか？」

「ほんとだ！」

「ふっふっふ。楓っち、葵っち、俺をなめちゃいけねえ」

いや、もういいわ。

俺は諦めて大人しくビールを呷《あお》った。道野辺さんだけが俺の目を見て慰めるように、うんうんと頷いてくれた。その間、ミヤビは黙ってうまそうに二杯目のビールを飲み干していた。

待望の料理がところ狭しとテーブルに並べられ、しばらくみんな食べることに夢中になった。やっぱり若い人は飲むより食べるほうが優先か。拓、おまえはちょっと遠慮しろ。みんなを眺めそんなことを思っていると、俺のスマホにメールが入った。

「ちょっと失礼」

俺は席を抜け、店の外に出た。すっかり冷たくなった夜風にさらされあたりをキョロキョロ見渡すと、目深くキャップを被った彼女が軽く手を上げた。俺が彼女に手を上げ返すと、彼女は嬉しそうに俺に走り寄った。

俺は彼女を連れ、席に戻った。

「この方で、最後の参加者です」

彼女は目深く被っていたキャップを取った。中にしまいこんでいた絹のような髪がCMのごとくさらさらと流れ落ちた。

「うわあ！」

葵が声を上げた。楓は慌てて「しーっ！」と葵の口を押さえた。

「突然すみません。お邪魔します」

多咲真生はニッコリ笑った。

飲み会は盛況のまま進んだ。多咲真生の登場に緊張して見えた葵も早々に打ち解けており、多咲真生も俺と出会ったときのようなツンとした高飛車な態度は微塵も感じさせることなく、まるでここにいる全員が同僚か仲間のような雰囲気だった。

「拓はアメリカのどこに行くの？」

そう尋ねた多咲真生に、拓はニッコリ笑った。

「LAっす！　あっちの会社に就職決まったんで。アメリカ、興味あるっすか？」

その情報、俺も知らなかったのに。俺は横目で拓を睨んだ。

「なんか修司さんが超睨んでくるんすけどー。超こわいー。俺、普通に話してるだけなのに――。めっちゃ〝俺の女〟感出してくる――」

「出してねえわ！」

思わず突っ込んだ俺に、みんなが笑った。

時が進み、葵はいつの間にか、多咲真生に人生相談のようなことを話し始めた。

「大学生の頃は、どうしてかって思うくらい自分がなんでもできるような気がしていたんです。同級生と比べても努力していた自負もあったし、自信もあった。けれど、井《い》の中《なか》の蛙《かわず》だったんだなあって。社会に出て思い知りました。あの頃は楽しかったなあ、なんて戻れない時を思ってばかりで」

「誰だって、過去が一番きれいなのよ。いつだって過去が一番美しく映るの。だから人は永遠に満足なんてしない。いつだって、一番美しかったあの頃と比べているのよ。永遠に過去の輝きにとらわれ続けているの」

多咲真生の言葉に、みんなが耳を傾けていた。

「実際には今のほうが美しいだなんて、そんなことには誰も気づくこともない」

多咲真生は葵をまっすぐ見つめた。

「今のあなたはとてもきれいよ、きらきら輝いてる」

葵の頰に赤みが差した。

「この私が言うんだから、間違いないわ。自信持ちなさいよ」

ちょっと上から目線のその言葉も、最大級の励ましに聞こえた。その証拠に、葵は瞳にきらきらと灯りをともし、心から嬉しそうに微笑んだ。

「多咲真生さんて、もっと自己主張が少ない方かと思っていました」

「そのほうが求められるから、そう演じていただけよ」

彼女はさらりと言ってのけた。

「いい？ 一つだけ教えておいてあげる。自己主張が少ない人間なんてこの業界にはいないわ。ただの一人もね。もちろん、私も含めてね。あなたは素直なのがいいところだけど、もう少し世間を知らなきゃ悪い大人に騙されちゃうわよ」

短時間で葵を見抜いているようで、思わず笑った。楓も同じことを思ったのか、ふっと吹きだすように笑って、葵に小突かれていた。

「はい！」

葵が勢いよく手を上げた。

「はい、葵ちゃん」

多咲真生が教師のように葵を指差した。

「真生さんが思う、人生で一番大切なことってなんですか？」

なかなか難しいことを訊くな、と俺は思った。

多咲真生は、迷う素振りを見せることなく、はっきりと答えた。

「人生で一番大切なものは、タイミング」

葵がはあーっと大きく頷いた。

「人生に必要なものは、見極める力。そして、一歩を踏み出す勇気」

多咲真生は「と、私は思ってる」と言い、笑った。

「でも難しいのは、それが正しいタイミングだったか、間違っていたかなんて、後にならなければわからないってことよね。誰にもわからない。人生のタイミングは神様しか知らない。けど、踏み出さなければなにも始まらないの」

それは、自身に言い聞かせてるようにも聞こえた。

「あなたも、そのタイミングで一歩を踏み出したから、今ここにいるんでしょう？」

そう問われた葵は少しハッとしたように、力強く頷いた。

「私には、あなたが選んだそのタイミングは間違っていたようには見えないわ」

多咲真生は、周囲を見回して微笑んだ。

「自分の決断に、自信持ちなさいよ」

そう言って、葵の背中をパンと叩いた。

それはきっと、彼女が今一番誰かにかけてほしい言葉なのではないだろうか。

一瞬、微笑みの中に切なさを浮かべた彼女に、俺はそう思った。

「ありがとう。今日はとっても楽しかった」

彼女を送り届ける帰り道、多咲真生は言った。

「それはなによりです」

『業界以外で生活しているなるべく色んな人たちと、飲み会がしたい』

そう言った彼女の願いは叶えられたようだった。

タクシーは彼女の自宅があるツーブロック前で止まった。タクシーから降りた彼女は「あの運転手さん、気づいてたわね」と呟いた。

「こうやって、噂《うわさ》が流れていくんですね」

「そう、深夜に男と二人でタクシー。それだけで遊んでいると思われる」

多咲真生は、なんともいえない表情でそう言うと、ニコッと笑った。

「でも、それももうおしまい！」

俺は何も言えず、ただ微笑みを返した。

そのままたわいもない話をしながら、彼女のマンションの前まで着くと、彼女は俺に向き合って言った。

「修司、私の最後の依頼を聞いてくれる？」

俺は「もちろんです」と笑った。

「一応確認するけど、今彼女いる？」

突然の質問に、俺は眉をひそめた。

「一応ってなんですか。まあ、お察しの通り、いないですよ」

多咲真生はニコッと笑った。

「じゃあ、クリスマスは暇よね？」

「暇……じゃないですよ。道野辺さんとラーメン食いにいくだろうし」

「暇じゃないの」

多咲真生はクスクスと笑いながら言った。

「大事な予定ですよ」

俺は少しふてくされた。

「修司、依頼よ。あなたのクリスマス、私にちょうだい」

俺は少し考えた。

「……どういう風の吹きまわしですか？」

明らかにいぶかしがっている表情の俺に、彼女はさらりと答えた。

「世の男性が泣いて喜ぶ依頼内容でしょ？　その幸運に感謝しなさいよ」

俺は苦笑いを見せた。

「やっぱり、相変わらずですね」

多咲真生は「そう？　ありがと」と澄ました顔で答えた。


「えっなんスか、その急なラブコメ展開。そして自慢ッスか？」

事務所で伸びをしていたミヤビが、白けた顔で俺を見た。

「いや、違うから！　これ、依頼としてどう処理すべきだろうかと思って。あと訊こうと思ってたんだけど、この前の海行ったのって、勤務扱いにしてる？」

「海？　してねーっスよ。だって何の依頼だって話じゃないッスか」

色々と準備して来てくれたのはミヤビの好意だったのか。俺は少し彼を見直した。

そんな俺の思いなどどこ吹く風で、ミヤビはいつも通り気の抜けた顔でお菓子ボックスを漁《あさ》った。

「ま、難しいッスよね。依頼者との関係は。なんか友達みたいになるとね。どこまでが仕事でどこまでがプライベートかって」

ミヤビはボックスからクッキーを取りだし、それを口に放り込んだ。

「だよね。まさに俺、今それなの。依頼って言われても内容もよくわかんないし、どうやって金銭を発生させるべきかわかんないし。そもそも時間くれって、ヒーローズの依頼内容からは外れてるよね？」

「依頼人が外れてないと思ってるから、依頼って言ってるんじゃないッスか？　多咲真生はヒーローになりたいんスよ。そして、それに必要なことがクリスマス……ま、男関係でしょうね」

「え、そうなのかな」

「体、鍛えといたほうがいいんじゃないッスか？」

ミヤビがニヤリと笑って、シュッシュッとシャドーボクシングの真似《まね》をした。

「どういう意味？　俺、誰かと戦うかもしれないの？」

「怖い系の男かもなー。多いじゃないッスか、あの業界」

「え、そうなの？」

無責任なミヤビの言葉に一気に不安になってきた。元カレと対決とかしなきゃいけなくなったらどうしよう。

「ミヤビ、クリスマスは……」

「愛する家族とパーティーでーっす！」

ミヤビは満面の笑みで答えた。

「うん、知ってた」

俺は苦虫を嚙み潰したような顔で言った。誰か腕っぷしの強そうな社員でも連れていこうか、そんな思いが込み上げていた。

それから三日、多咲真生に呼びだされた。街はすっかりクリスマスのムードで溢れていた。

「ハロウィンが終わったら、すぐにクリスマス。節操ないわねえ」

多咲真生はニット帽を被っていただけで、特に変装はしていなかった。彼女の長期休暇は続いていたが、テレビや新聞やネットニュースは、もう彼女の話題を多く取り扱ってはいなかった。

「クリスマスの翌日には、街はもうお正月です」

俺は皮肉を込めるように言った。

「そもそも秋から冬にかけてイベント固めすぎじゃない？　それに懲りたのか次は何もない四月にイースターでしょ？　無理矢理すぎるわよ。こんなことじゃ毎月イベントができちゃう」

多咲真生が口を尖らせた。

「クリスマスが終わったら、一月は正月、二月はバレンタインデー、三月はホワイトデーにひな祭り、四月にイースターができて、五月はなんだ……ゴールデンウィークと子供の日？」

俺は指を折りながら考えてみた。

「それから六月……あっ！　六月は何もないなあ。七月は七夕があって、祭りも始まるし。八月は盆に祭りが目白押しで、九月……、九月も何もない」

俺たちは改札を通り、電車に乗り込んだ。

「どうして六月と九月だけ何もないのかしらね？」

多咲真生がさほど興味のなさそうな声で言った。

「九月は……台風が来るから、ですかね？」

俺たちは、向かい合わせになった四人掛けシートの対面に座った。

「それ、何か関係あるの？」

電車の中はほとんど人がいなかった。

「イベントに経済を回す意図があるとすれば、台風シーズンにイベントを作るのはむしろ経済的な打撃になる恐れがあるのかなあと」

「なるほど。次のハロウィンも台風シーズンが過ぎた十月末だもんね」

彼女も少しこの話題に興味を示し始めたように言った。

「じゃあ、次は六月に何かねじこむわよ、きっと」

「それはあり得ますね。梅雨時期で外出率も低く、金の回りも悪そうですからね」

そんな話をしながら、ふと窓辺を見ると、目指す景色の端が見えてきた。

「いつ見てもきれい」

水面は昼過ぎの日差しを浴び、キラキラ輝いていた。

「ねえ、修司にとって、私は『友達』なの？　それとも『依頼者』なの？」

俺は一瞬、言葉に詰まった。

「今は……今日だけの状態を言うなら『友達』でしょうか。今は完全なプライベートですから」

「そうなの？　知らなかった。ごめん」

彼女は驚くほど素直に謝った。

「いえ、それはいいんですけど。けれど、この前の『飲み会』は……」

「依頼、よね？」

「まあ、依頼、と言いますか……勤怠はついてないですが、飲食費は会社からの経費で落ちてますので」

「曖昧ね」

「俺も知らなかったんですが『社員同士の交流を深める目的での公な会合』は、社長の許可さえおりれば経費で落ちるらしくて。ミヤビが教えてくれて、社長に話したら経費扱いにしてくれました。でも社員じゃない人も数名いたので、正直、とても曖昧ですよね」

俺は口の片側を上げて笑った。

「そんな裏事情まで私に話していいの？」

彼女は薄く笑った。

「構いませんよ」

俺は即答した。

「それは、私がもうすぐいなくなるから？」

俺は少し言葉に詰まった。

「……いなくなるんですか？」

彼女も少し、黙った。

「あのとき、飲み会で葵ちゃんにえらそうなこと言ったけど、私も、過去にとらわれているの。私が一番とらわれているのはね、高校生の自分。あの頃の、目に映る未来が全てきらきらして見えた自分。無垢《むく》で純粋で情熱を持って、ただ前だけを見て走っていた、過去の自分よ。私は、あの頃に戻りたいの」

窓から差し込む日差しが、彼女の絹のような髪を透けさせ、きらきら輝いていた。

俺は黙って、その横顔を見ていた。

海は、相変わらず美しく輝きながら俺たちを受け入れてくれた。

「もう一度、ここに来たかったの」

彼女はもうすっかり冷たくなった風を受け、両手を広げながら言った。

「さすがに今日は、足をつけるのはよしましょうね。お湯、持ってきてないですよ」

彼女は振り返って、高校生のように笑った。

砂浜を少しだけ歩いた後、いつもの堤防で腰掛けて、彼女がポットに淹れてきてくれた温かい紅茶を飲んだ。

「前回は修司が走って買いに行ってくれたでしょ？ ミヤビは色々持ってきてくれて、私だけ何もしなかったから、せめて今日くらいは」

そう話す彼女に、テレビでみる多咲真生の面影は感じなかった。

「こないだの、クリスマス空けといてって依頼だけど……」

彼女は珍しく申し訳なさそうな顔で俺を見た。

「キャンセルにしたいの」

俺はわざとらしく「あーあ」と溜息をついた。

「そんなことだろうと思いましたよ」

彼女はクスリと笑って「ごめん」と言った。

「私、二週間後にNYに発《た》つことにしたの。もうチケットも手配したわ。しばらくはホームステイをしながら学校に通って、本格的に英語と演技の勉強をするの」

「よかった」

俺は呟いた。

「辞めないんですね」

彼女は清々しい笑顔で言った。

「辞めないわよ。言ったでしょ？　天職だって。さらに上を目指すのよ」

彼女は優しい瞳で海を見つめた。

「きらきらしていた、あの頃の自分を取り戻すの」

その瞳は、海に負けないくらいきらきらと輝いていた。

「多咲真生っていう、この名前をつけてくれたのは、事務所の社長だったの。多く咲いて真《まこと》に生きる。いい名前でしょ？」

微笑む彼女に、俺は「本当に」と頷いた。

「その社長が半年前に亡くなったわ。私の今後に関しては、ずっと社長に相談していた。あのストーカー事件があってから、まるでアイドルのように清純派ぶって、いい子にしている自分にも嫌気がさしていたの。生々しい人間でもいいと思われるような女優になりたかった。新しく社長になった人物は、元の社長の右腕だった人よ。私も信頼していた。でも、その彼は、私の目指す方向性に反対した。リスクがあるから。それは、裏を返せば、私に実力がないから。少なくとも新しい社長はそう思っていた。今回、私の情報をマスコミに流したのも、結局その彼だった」

そんなことがあったのか。俺は黙って話を聞いた。

「みんな変わっていく」

ふいに彼女が呟いた。

「この業界の人間は特に。変わらずにいられる人なんていない。だから、あなたに『相変わらずですね』って言われたときは、ちょっとだけ嬉しかったの。私のことがそう映る人もいるんだなって。少しだけ、安心した。ほんの少しだけ、ね」

彼女は「それだけ」と呟くと、再び口をつぐんだ。ザザーンと波が鳴った。

「……訊いてもいいですか？」

夕日が傾きかけた頃、俺は切り出した。

「クリスマス、本当はどうしようと思ってたんですか？」

彼女は俺に視線を向け、少し寂しそうに微笑んだ。

「少し、物語を聞かせてもいい？」

そう言って、彼女が語りだしたのは、淡く切ない青春のかけらだった。

「むかしむかしあるところに、一人の女の子がいました。彼女は海のそばにある田舎町で生まれました。同じ町内には、唯一同い年の男の子がいました。子供が少ないその町で、二人はまるで兄妹のように仲良く育ちました。中学生になったある日、彼女の自転車がパンクして、彼が学校まで自転車の後ろに乗せてくれました。それから彼女は毎日のように彼の自転車の後ろに乗って、学校まで通っていました。そして高校生になった頃、彼女は彼に恋をしました。でも彼女が気持ちを伝えることはありませんでした。なぜなら、彼女には夢があったから」

俺は黙って彼女が語る物語を聞くことにした。

「高校三年生のある日、彼女は急に彼に呼び出されました。街灯なんてほとんどない暗闇の中、二人でぶらぶら歩いて海まで行きました。……歩いてる間、彼はずっと黙ってってね。どうして黙ってるんだろうってなんだか気まずくって『今日のお月さますごく綺麗《きれい》だよね』とか言って。すごく綺麗な満月だったの。月明りってさ、街灯がないとすごく明るいんだよ。少し離れて歩く彼の表情が見えるくらい明るいの」

彼女が話す物語が誰のものなのか。その答えは容易にわかった。

「防波堤まで来て、彼は海のほうを向いて立ち止まった。彼女もいつものように、彼の隣に立った。そのまま二人で波の音を聞いてね。ザザーンザザーンて同じリズムで鳴る波音が、そのときはとても特別なものに聞こえた。しばらくして彼がね、言ったの。『おまえ、本当に東京へ行くのか』って」

彼女の眉が寂しそうに下がった。

「彼女はとても驚いたわ。だって、彼はずっと彼女の夢を応援してくれていたから。それまでずっと、彼だけが彼女の夢を信じてくれていたから。彼は続けてこう言った。『ずっと後悔してた。どうして俺はおまえにあのとき〝映画を観に行こう〟って誘ってしまったんだろうって。あの映画さえ観なければ、おまえが女優になりたいなんて言い出すことはなかったのかもしれないのに。ずっとこの町にいたかもしれないのに』彼女はそれを聞いてもっと驚いた。彼がまさかそんな風に思ってるだなんて、知る由もなかったから。彼は今まで一言も、そんなこと言ったことなかったから」

彼女の口調は、どんどん切なくなっていた。

「彼は彼女を見て言ったわ。『朋子《ともこ》、俺と一緒にこの町で生きてくれ』って。そのときの、月明りに照らされた彼の顔は、きっと一生忘れられない。瞳がきらきら光っていたことも、横を向いたときにそのきらきらが零れたことも」

そう話す彼女の瞳も、海の輝きが映ったようにきらめいていた。

「彼女は嬉しかった。彼女もずっとずっと彼に恋をしていたから。でもそれと同時に、悲しさが込み上げてきた」

「……それは、彼女が町を出ることを決めていたから……？」

俺は初めて口を挟んだ。

「違う。今さら彼が『本当に行くのか』って訊いたことに対してよ。今まで応援してくれていたのはなんだったんだろうって。本気だと思ってなかったのかなって。すごく悲しくなった。だから、彼女は気持ちを隠したまま、彼にさよならを告げたの」

「彼とはそれっきりですか……？」

「ううん、彼とはその後もずっと連絡を取っていたから。離れていたけど、ずっと応援してくれて、励ましてくれていたから」

「良い関係が続いていたんですね」

「でもね、あの事件があった後、ほんの数日リフレッシュのために田舎に帰ったのよ。そこで久しぶりに彼に会った。懐かしかった。あのときと同じように、夜の海を二人で眺めてね。彼は私に『もう帰ってこないか』って言ったの。あの夜と同じように月明りの下で、同じ波音を聞きながらね。彼は『もう充分やっただろう。身も心も削られるような世界を抜けて、もう一度ここで生きてみないか』って言ってくれた」

彼女は一度、小さく息を吸った。

「でも、私にその考えはなかった。もう町に戻ることはないって、私のことは忘れて幸せを掴んでほしいって伝えた。彼に『おまえ、変わったな』って言われて、私は彼に『あなたにも変わってほしかった』って言い返したんだ。でも、本当は変わらないでいてほしかった。ずっとずっと、あの頃みたいにきらきらした目のまま『朋子、頑張れ』って言い続けてほしかった。嘘でもいいから彼にだけは『朋子なら大丈夫』って、言い続けてほしかった」

彼女は海を眺めた。恐らく彼女の故郷とは違う都会に近い海も、同じようにザザーンと波音を立てていた。

「っていう、次のドラマの構想なんだけど。どう？　感想は？」

振り向いて悪戯っぽく笑う彼女の表情からは、寂しさを隠しているのか、それとも吹っ切れた過去の思い出なのか、俺には判断がつかなかった。

「ままならないですね、人生は」

「ほんと、ままならないね」

「そうだ、ひとつだけ。自転車の後ろに乗るシーンは青春の象徴みたいなものですが、昨今では要注意です。二人乗りはコンプライアンスにひっかかるかもしれない」

多咲真生は真剣な表情になって言った。

「なんてこと。ままならないわね」

「ところでいつ、作家志望に転向されたのですか？」

俺たちは顔を見合わせた後しばらく二人で笑いを漏らしながら、海を眺めた。ザザーンと波の音がよく響いていた。彼女が再び口を開いた。

「彼、今年結婚するのよ。挙式はクリスマスですって。ご丁寧に招待状までよこしてくれてさ」

「そうでしたか」

なるほど。それでクリスマス、か。

「何度も彼の告白を断ったのは、私。待たなくていいって言ったのも、私。彼に言われた。『お前に〝私を待たないで。幸せになって〟って言われて、吹っ切れた。俺も前に進もうと思った』って。そう思うと私、最後くらいは彼のためになることしてあげられたのかなって、ちょっと安心した」

多咲真生は、吹っ切れたように俺に笑顔を向けた。

「本当は、会いに行こうと思ったの。でも一人で行く勇気がなかったから、修司を誘っちゃった。ごめんね。でもね、思ったんだ」

彼女は突如、真顔になって続けた。

「よく考えたら、私が会いに行ったら奥さんどう思うのよって。なんとも思わないかもしれないけど、内心穏やかじゃないかもしれないでしょ？　一生に一度の結婚式でそんな思いさせたくないじゃない。そのへんホント気が遣えないのよ、あの人」

プンプン怒っている彼女に、俺は「確かに」と笑った。

「そう思うと、長々と日本にいる意味もなくなっちゃって。クリスマスが終わるまでは発てないって思ってたけど、それがないなら、もう早く行っちゃえって。それが私にとってのタイミングだなって思ったの」

タイミングはいつ訪れるかわからない。それが良いタイミングになるよう祈った。

「修司、私、帰ってくるわよ」

彼女は輝きを宿した瞳で俺を見つめた。

「逆輸入される形でね。待ってなさいよ。日本人で初めてのアカデミー賞主演女優賞をとってやるから」

そう言った彼女は、きっとあの頃と同じように、強く真っすぐ未来を見据えていた。


「なーんか修司さん、最近元気なくないッスかあ」

事務所でミヤビが首をポキポキ鳴らしながら言った。

「そんなことないよ」

俺はコーヒーを淹れながら言った。

「そんなに、多咲真生にフラれたのがショックだったんスかあ?」

「フラれてないから」

俺はじっとりミヤビを睨んだ。

「でも結局、クリスマスの予定キャンセルされて、依頼もキャンセルされて、ただ働きじゃないッスかあ」

「べつに働いてないよ。友達として会っただけ」

俺は道野辺さんに「どうぞ」とコーヒーを差し出した。

「ありがとうございます」

道野辺さんはいつも通りにっこり微笑んだ後、少しためらったような声を出した。

「修司くん、私で力になれることがあれば、いつ何時《なんどき》でも、何なりと」

「道野辺さんまでそんな。ほら、ミヤビが変なこと言うから」

ミヤビは「だってー」と椅子をクルクル回していた。

俺は、普段と何も変わらず仕事を続けた。

「修司」

その透き通るような声に、俺は振り向いた。

「クリスマスはどうするの?」

「さあ。道野辺さんとラーメン食べたりしますかね」

「うわっ、さみし」

そう言って、髪を短く切った多咲真生はキラキラしながらケラケラと笑った。

俺たちは並んで椅子に腰かけた。

「ねえ、修司。昔、私に言ったでしょ?」

「なんですか?」

「誰もが誰かの代わりであり、誰もが唯一無二の存在でもあるって」

「それは、道野辺さんが俺に教えてくれた言葉です」

「誰の言葉でもいいの。私に教えてくれたのは修司よ。だから、ありがとう」

「珍しく、素直ですね」

「私はこれからも、誰かの代わりであると肝に命じながらも、唯一無二を目指すわ。そうすれば、きっと悪いようにはならない気がする」

俺たちは温かい缶コーヒーを手に、前だけを見て話していた。

「そういえば真生さんは、クリスマスどうされるんですか？ 向こうでパーティーの予定でもあるんですか？」

「数えきれないほどお誘いがあるわ」

「そうですか。羨ましい」

「幸せそうでしょ？」

「はい。とても」

「ほんとに幸せよ。だって自分で選んだ道だもの」

「はい」

「去年はイブもクリスマス当日も仕事してた」

「そうでしたか」

「今年は仕事がないわ」

「いいですね」

「人はいつだって自分が持ってないものに憧れるの」

「……はい」

「私には仕事がない。NYにはクリスマスイヴに一緒にラーメン食べてくれる友達も、いない」

「あなたがクリスマスイヴにラーメン屋にいたら絶対週刊誌にあることないこと書かれちゃいますね」

「間違いなく」

多咲真生はフフッと笑った。

「あれほど抜けだしたかった場所が、愛おしく思える。人間ってなんて身勝手」

「俺はそんなあなたが羨ましい」

「人が羨ましく見えるって、結局自分の現状に満足してないってことなのよね。私もあなたも。いつか満足することなんてあるのかしら」

「俺にはたぶん、あなたのような覚悟で何かを諦めたことも、ましてや何かを始めたこともないですから」

多咲真生はチラリと俺の顔を見た。

「今の仕事を始めたのは、そんな覚悟じゃなかったの？」

「まさか、ほとんど成り行きとラッキーです」

「ラッキーだったのね」

「はい。その前がアンラッキーだったのでうまいこと辻褄《つじつま》があった感じですね。人生の幸運と不運は同じ数だなんて言いますけど、まさにそんな感じです」

「そう。でもそのラッキーを掴んだのは、他ならぬあなたでしょ？」

「そうですね」

「ヒーローズで働くことを選んだのもあなた」

「そうです」

「なら、それはラッキーだけじゃないわ。あなたは転がってきたタイミングをうまく掴んだの。葵ちゃんと同じよね」

「そうですね」

「今の生活に不満はないんでしょ？」

「ありません。むしろ人生で一番順調です」

「それは困ったわね」

「なぜですか？」

「あなたがさっき言ったんじゃない。幸運と不運は同じ数だって」

「今が幸運すぎると」

「あなたの理屈ではそうなるんじゃない？」

「幸せ過ぎて怖いってヤツですかね？」

「でもあなた今そこまで幸せでもないでしょ？　恋はしてなさそうだし」

「はっきり言いますね」

「いいじゃない。愛と引き換えに仕事と安定を摑んだと思えば」

「そろそろ愛も摑みたいところですが」

「案外欲張りなのね」

「だって真生さんだって、どうせいつかはどこぞの大金持ちと結婚するでしょ？」

「まあ、そうなるでしょうね。それはむしろ必然よね」

「欲張りじゃないですか」

「いいのよ、私はその代わりにたくさんのものを捨てるんだから」

「俺も何か捨てなきゃダメなのかなあ」

「なにを捨てるの？」

「あるかなあ。捨てられるものがそもそも」

「なにそれ」

彼女はクスッと笑った。

「あるとするなら……、安定……かな」

ほんの少し、沈黙があった。

「……無理に捨てなくても、幸せなら、それに甘んじなさいよ。いつかくる不幸を怖がるなんて、無意味。ナンセンスよ」

「でも思うんですよ。俺も一度くらいは、自分から、夢中になって何かを追いかけてみたいって」

「依頼者にでもなるつもり？」

「それもありかなあ」

「一体、どうしちゃったのよ」

彼女は笑った。俺は溜息をついた。

「葵ちゃんの一件で思ったんですよね。離職率が低いから新しい人材を入れられないなんて、それって本当に会社のためになるのかなあ、とか。楓くんが葵ちゃんのために身を引いたのもけっこう衝撃で、もっとこの会社で働くことを必要としている人がいるんじゃないのかって思ったり」

「そんなの、あなた一人がどうこうできる問題じゃないでしょう？」

「ですよね」

「そうよ。グダグダ考えすぎよ。彼らは兄妹だからできたの。他人のために自分を犠牲にするなんて、本来ならアホのすることよ」

「言いますね」

「だってそうじゃない。私には人の面倒見るような、そんな余裕ないわ」

「俺だって、そう……だと思ってたんですけどね」

「満たされてるのね。本当に」

「そうなんでしょうね。きっと」

「でも、わからないでもないわ。あなたの気持ち。理屈じゃなく、急に新しい空気が吸いたくなるのよね」

「新しい空気……か」

「その空気を吸えば、どこまでも飛べるような気がするのよね」

「確かに……」

「まあ、勘違いなんだけどね」

「言いますね」

俺はハハッと声に出して笑った。そして大きく息を吐いた。

「俺、きっと羨ましいんですよ。依頼者の方が」

「ヒーローになりたい人間が？」

「はい。こんな怪しい会社に依頼を出すほど何かを強く願う、そんな人が」

「社員に言われてちゃ、世話ないわね」

「みんな、何かを追いかけて、必死でもがいてる。そんな姿をたくさん見ていると、羨ましいんですよ。東條先生や、真生さんのようにやりたいことがあったり、楓くんや他の依頼者のように、守りたい人がいたり。羨ましい」

「ないものねだりね」

「全くです」

「まったくもって、人はいつでも、ないものねだりね」

「その通りです」

彼女は「そろそろ時間ね」と、すっと立ち上がった。

「見送りありがとう」

「いってらっしゃい。体に気をつけて」

背を向けて歩きだした彼女が、ふと立ち止まり振り返った。

「あなたの悩みが聞けたってことは、もう友達でもいいのかしら？」

そう言って、彼女は悪戯っぽく笑った。

「そうみたいです」

俺も笑った。

「今日聞いたことは、私の胸の中だけにしまっておくから」

彼女は言い聞かすように、俺の目を真っすぐ見つめた。

「早まらないでね、修司」

俺は無言で頷いた。

「二日早いけど、メリークリスマス」

優しい微笑みを残し、彼女は日本から飛び立った。


季節はすっかり冬だった。街は電飾で賑やかに飾りつけられ、その中を歩く人々は心まで彩られたように、誰もが幸せそうに見えた。騒がしい街を抜け、いつものビルを目指した。今にも崩れそうな雑居ビルの七階分の階段を上り、目の前に現れた重厚な扉を押し開ける。ギギーーと擦れた音がして、温かい空気が顔を撫でた。

「おかえりッスー」

「おかえりなさい、修司くん」

いつもの光景。

「ただいま戻りました」

いつものセリフ。

すっかり馴染んだ、事務所の温かな空気。

当たり前のように体を沈める、安心できるこの空間。

「外は寒かったでしょう。本日の珈琲《コーヒー》は、ハワイ土産のコナコーヒーですよ」

「誰か行ってきたんですか？」

「社長ッスよー。ほら、マカデミアナッツチョコもあるッスよ」

この上なく、幸せな職場環境。

そう、この上なんて、きっと、ない。

「ありがとう。一つ貰うよ」

「こっちがミルクで、こっちがビターね。ビターは苦いヤッツスよ」

「それは知ってるよ」

「今日は特に寒いので、牛乳も温めておきました」

「ありがとうございます。いただきます」

それなのにどうしてなんだろう。

〝慣れ〟という感覚が、自分を蝕む日が来るなんて、思ってもみなかった。

「うん、美味しいですね。チョコもコーヒーも」

自分は一体、何がしたいのか。何に幸せを感じるのか。

今までに出会ったたくさんの依頼者たちの顔が、頭の隅に浮かんでは消えた。

「明後日はいよいよクリスマスイヴッスねえ」

ミヤビがそう言って、道野辺さんがクリスマスソングのＢＧＭを流した。

窓から見下ろす古い街並みが、夕闇の中、灯りをともし始めた。

To be continued...

<初出>
本書は書き下ろしです。

この物語はフィクションです。実在の人物・団体等とは一切関係ありません。

メディアワークス文庫

続《ぞく》々《ぞく》・ヒーローズ(株《かぶしきがいしゃ》)!!!

北川恵海《きたがわえみ》

2019年12月25日　初版発行
2024年11月30日　再版発行

発行者　山下直久
発行　株式会社KADOKAWA
〒102-8177　東京都千代田区富士見2-13-3
0570-002-301 (ナビダイヤル)
装丁者　渡辺宏一 (有限会社ニイナナニイゴオ)
印刷　株式会社KADOKAWA
製本　株式会社KADOKAWA

●お問い合わせ
https://www.kadokawa.co.jp/ (「お問い合わせ」へお進みください)
※内容によっては、お答えできない場合があります。
※サポートは日本国内のみとさせていただきます。
※Japanese text only

※定価はカバーに表示してあります。

Printed in Japan
ISBN978-4-04-912961-8 C0193

メディアワークス文庫　https://mwbunko.com/

本書に対するご意見、ご感想をお寄せください。

あて先
〒102-8177　東京都千代田区富士見2-13-3
メディアワークス文庫編集部
「北川恵海先生」係

ちょっと今から人生かえてくる

北川恵海

あなたの人生、
ちょっと変えてみませんか？

かつてブラック企業に勤めボロボロになったものの、謎の男ヤマモトと出会ったことで本来の自分を取り戻した青山。そして彼の前から姿を消してしまったヤマモト——。

すべての働く人が共感して泣いた感動作『ちょっと今から仕事やめてくる』で語られなかった、珠玉の裏エピソードが、いま明かされる。

青山とヤマモトの、そして彼らと出会った人たちの新しい物語が、また始まる。

仕事に悩み、日々に迷う人たちに勇気を与える人生応援ストーリー‼

メディアワークス文庫

星の降る家のローレン

北川恵海

迷子の僕らに彼《ローレン》がくれたのは本物の『家族』だった。

母に捨てられた少年・宏助が知り合ったのは、謎多き中年画家・ローレンだった。

大学生になった宏助のもとに、生死不明で行方知れずだったローレンから「自分の絵を売ってほしい」と手紙が来る。絵を売るため個展を開催するが、そこで「ローレンは人殺しだ」という噂を聞いた宏助は、個展の客・雪子と一緒に真相を探り始める。雪子もまた、ローレンと関わりがあった親友・杏奈の行方を捜していた。

ローレンを通して人々は、『家族』という形に集約されていく——。

メディアワークス文庫